乙女ゲームの悪役なんて どこかで聞いた話ですが 2

柏てん

Ten Kashiwa

レジーナ文庫

カノープス
騎士団の副団長。
仕事熱心で真面目だが、
人付き合いが苦手。
シリウス
魔導省の長官。
その正体は、天界から
人間界にやってきたエルフ。
シャナン
メイユーズ王国の王子。
体調が悪いと噂されて
いるのだけど……？
リシェール
乙女ゲーム世界に
ヒロインのライバルとして
転生した少女。
だけどひょんなことから
悪役ルートの回避に
成功して……？
ヴィサーク
リシェールの契約精霊。
登場人物
紹介

アラン
シャナン王子の
学友。
ベサミ
シャナン王子の世話役。
人と精霊のハーフ。
ゲイル
騎士団員。
ミハイルの側近。
強面(こわもて)だが、おおらかで
優しい性格。
クェーサー
騎士団員。
団長の第二従者。
リシェールに従者の
仕事を教えてくれる。
ミハイル
騎士団員。戦術の天才。
俺様気質で、周囲の人間を
よく振り回す。

目次

乙女ゲームの悪役なんてどこかで聞いた話ですが２

1周目　生麦生米米せっけん

どもどもー。

ムキムキ腹筋男達の中の紅一点。

今日も口うるさい昭和おかん……おっと違った。王都で騎士団副団長様の従者として奔走する、リシェール・メリスですよ。とはいっても、今はいろいろあって、リル・ステイシーと名前を改めているんだけれど。

命の恩人である王子のお役に立つべく、社会進出率が低い女の身で出世するのが、私の目標。そのために男装して騎士団にもぐりこんでいる、気の早い六歳児なのです。

ちなみに私には、日本で二十五歳まで生きた前世の記憶がある。つまり、現代日本からファンタジーなこの世界に転生したってこと。

どうしてそのことに気づいたかって？

事のはじまりは約一年半前。私の母が、流行病で亡くなったことがきっかけだった。

もともと、王都の下民街で生まれ育った、平々凡々な私。その時までは、貧しいながらも、母ひとり子ひとりでなんとか暮らしていた。

ところが母を亡くしたショックで、秘めていた莫大な魔力が暴走してしまう。そして、『西の猛き獅子』と呼ばれる精霊ヴィサークを呼び出し、あわや大惨事の事態を引き起こしそうになったのだ。

私が前世の記憶を取り戻したのは、この時。そりゃあびっくりしましたとも。なんせ、あたりはすわ竜巻かという暴風。おまけに、白くてでっかいホワイトタイガーみたいな精霊が、目の前で暴れまわっていたのだから。

その光景を見て、私は直感した。

「あ、これは乙女ゲームの世界だ」って。

すぐにわかったのは、私が前世でこの乙女ゲームをプレイしたことがあったから。

……というか、前世の私は転生してもゲームの知識やシナリオを忘れないほどゲームをやりこんでいたため、気がつくことができたのだ。

私が転生したのは『恋するパレット～空に描く魔導の王国～』、略して『恋パレ』という、ダサダサなタイトルのファンタジー系乙女ゲームの世界でありました。

あ、乙女ゲームとは、いわゆる女性向け恋愛シミュレーションゲームのこと。プレイヤーが主人公を操(あやつ)って、好みの男性キャラクターとの恋愛成就(じょうじゅ)を目指すゲームである。

　ここは、魔導を使える世界。魔導というのは、魔力を使う技術のことだ。魔法もあるにはあるのだけど、人間が使うことはできない。魔導と魔法は根本から違っていて、魔法は精霊やエルフだけが使うことのできる力だ。

　前世の携帯ゲーム機でプレイしていた時は、画面にタッチペンでペンタクルという図案を描くと、主人公が魔導を使うことができた。

　ゲーム世界に転生した今、ペンタクルをものに刻んだり、魔導具のペンで空中に描くことで、私も魔導を扱える。

　ちなみに、魔導を使う大前提として、魔力を持ってなくちゃいけない。

　この世界では、人が保有しているもの以外にも、魔法粒子(まほうりゅうし)という粒としてそこらじゅうに魔力が散らばっている。

　また魔力にはいろいろな属性があって、風や火、土のような自然物が基本となる。

　魔力を持っている人は、自分の属性の魔法粒子だけを見たり使ったりすることができるらしい。ただ、魔力属性が全部で何種類あるかとか、魔力の詳細についてはまだ解明されていなくて、前世でゲームをプレイした私も詳(くわ)しくは知らない。

　特に、自分の能力についてはわからないことばかりだ。

騎士団に入る時に受けた検査では、ほとんどの項目で『測定不能』を叩きだし、属性『不明』な上に魔力量も『測定不能』で、能力値は『未知数』。謎だらけで、騎士団の方々からも変な目で見られてしまい、我ながら気持ち悪いなぁと思う。

ともあれ、恋パレの話ですよ。そんなファンタジーな乙女ゲーム世界には、いくつもの筋書きが存在する。

もともと、乙女ゲームには、様々な展開や結末があるものだ。

攻略対象の男性キャラクターであるイケメン君達が、主人公に対して抱く好意レベル――好感度。それが、主人公の選んだ選択肢によって上がったり下がったりして、ゲームの展開は変わっていく。

もちろん、恋パレもそうなんだけど、それだけではない。

恋パレには、私がプレイしたことのない、プロトタイプの作品があるのだ。その作品――初期の恋パレは、同人ソフトとして少数生産されたもの。

なんでも、一部のプレイヤーから『ヤンデレ矯正(きょうせい)ゲーム』と呼ばれる特殊なゲームだったらしい。

恋パレは、主人公が名門のケントゥルム魔導学園に入学したところからはじまる。

初期の恋パレでは、まずファンタジー世界のイケメンと付き合って、やがてヤンデレ化する彼らの手綱を締め、いかに問題を起こさせずに学園を卒業できるかに主軸が置かれていた。なんとも、乙女ゲームの王道をかなりハズれている。

しかも、残酷なエンディングも多かったようで、『絶対に商品化できないゲーム』として名を馳せていたらしい。

ちらっと聞いた話では、主人公の選択ひとつで、男性キャラクター同士の殺し合いに発展することもしばしば。果てには、国全体を巻きこんだ、戦争ENDなんてものも存在したとか。あぁ、考えたくもない……

私が今暮らしているのが、初期の恋パレの世界なのか、それとも私の知る商品化された恋パレの世界なのかは、まだわからない。

それが、私の抱える不安要素その一。

さらにしんどいことに、不安要素その二は私の役回りである。私は、イケメン達とウフフアハハな恋物語を繰り広げる主人公ではない。主人公の同級生のお嬢様なのだ。

ゲームの中で、私は叔父のシリウス・イーグに恋をしている。そしてシリウスに愛される主人公に嫉妬して、彼女をいじめたり、恋路を妨害したり――まぁ、いわゆるライバル役というか悪役なんです。嫉妬による悪行の末、それを咎められて国を追放される結末や、最悪殺される結末まであった。

……長くなったが、以上が恋パレについての説明である。

さて、記憶を取り戻した当時に話を戻しますか。

魔力を暴走させて、恋パレの世界の情報が頭の中を駆け巡った私は、焦った。

なんせ、ゲームの中では私が精霊を呼び出したせいで、下民街が壊滅状態に陥るから。

私はとにかく必死に心を落ち着かせて、暴走する魔力を制御した。そしてその時、事態を収拾しに現れたのが、リシェールの初恋の相手であるシリウスだった。

そのあと、実は私はメリス侯爵の隠し子だと判明し、父親に引き取られた。だけど強い魔力によって小さな体は弱り、私はほとんど毎日床に臥せることに。しかも、庶子の私は義母に散々いじめられ、他の家族や侍女達からも避けられて過ごすこととなった。

私を気遣ってくれるのは、叔父としてお見舞いに来てくれるシリウスだけ。寂しくて仕方がない時に、優しくしてくれた人だもん。そりゃあ、彼を好きになるのは仕方ないよ……と、ゲームの中のリシェールに同情した。

ただ、攻略対象や魔導学園と関わるのは絶対回避したい！

だって、悪役になんてなりたくないし、物騒なイケメンが集まる可能性がある学園なんて、近づきたくもない。できれば侯爵家を出て、そのまま国外へ脱出できたらいいなと思っていた。そうすれば、ゲームのシナリオが進んでたとえ戦争ＥＮＤになろうとも、私への被害は少なくて済むかもしれない。

だけど、そんな私の考えを変える出来事が起きた。

このメイユーズ国の王太子であるシャナン・メイユーズが、自らの魔力によって体調を崩した私に、命がけで魔導を施して救ってくれたのだ。

ちなみに、彼もゲームの攻略対象キャラのひとりである。

私を助けたことが原因で王子は倒れ、それを義母に咎められた私は侯爵家を追い出された。そうして、国のはずれの森に捨てられたのだ。

そんなこんなで悪役人生を回避できそうな展開になったのだが、私は王都に戻ることにした。

私を助けてくれたシャナン王子のお役に立ちたいと、思うようになったから。女だし、身分も何もない私だけど、彼に恩返しをしたい。

彼に関われば、悪役として私の身に危険が迫るかもしれない。しかし、その運命から逃げないと決めた。

そのためには、とにかく出世！　彼のおそばにいられるように、地位を手にしなくてはならない。

そう決意したあとは、いろんなことがあった。

私が捨てられた森に盗賊として潜伏していた、攻略対象キャラのミハイル・ノッドと出会ったのが、何より大きかったと思う。彼に魔力の強さを認められ、私は国のはずれから王都に連れてきてもらうことができた。

王都に戻ってからは、ミハイルの側近であるゲイルが私を養子にしてくれて、新しい家族ができた。

幸い、私には伝説の精霊を呼び出せるくらいの魔力の資質がある。だから、規定の年齢に達したら、王都にあるケントゥルム魔導学園——乙女ゲームの舞台である学園に入学するつもり。

今は、ミハイルの伝で騎士団に所属している。彼に歴史や戦術を学びつつ、騎士団副団長であるカノープス・ブライクに従者として仕える毎日だ。

そうそう、騎士団は女子禁制なので、男装して過ごしている。

この世界で女だてらに国に仕えるというのは、実はとんでもなくハードな人生だ。けれど、どんな手を使ってでも、私はその場所に上りつめてやろうと思う。

『ぼんやりしてどうしたんだ？　リル』

過去を回想しつつ、雨の多い青月——日本で言うところの六月——には珍しく晴れわたった空を見上げていたら、小型の白いにゃんこみたいないきものがふよふよと浮かびながら言った。

彼は私が呼び出した風の精霊のヴィサーク、通称ヴィサ君だ。

本来の姿は、ちょっと変わった巨大なホワイトタイガーみたいな彼。しかし、その姿でいると私の魔力消費も激しいので、普段は犬や猫、あるいはシーサーに似たこの姿でいることが多い。

私の契約精霊である彼は、基本的に他の人間には見ることも触ることも、そして声を聞くこともできない。風属性で魔力が強い人にはうっすら見えたり、ヴィサ君の力が強まって巨大化している時には見えたりするのだが。

『あー、うん。ちょっとね』

答えながら、私は仕事中にぼんやりしていた自分に気がついた。

いかんいかん。今は私の主人である副団長のマントの洗濯中だった。

魔導の訓練中に魔力を暴走させ、騎士団を巨大な植物で覆（おお）ってしまってから、そろそろ半月。事件を起こしたせいで従者をやめなくてはいけないかと思われたが、副団長とシリウスのおかげで復帰できた。

けれども、従者とは名ばかり。本来従者は主人の仕事を全面的にサポートするものだ。

でも子供の私に任せてもらえるのは、部屋の片づけや掃除、料理に洗濯等といった小姓のやる家事全般である。

　今は城の洗濯場に面した裏庭で、洗濯板片手にマントの汚れと格闘中だ。

　他の騎士達についている小姓達は、洗濯物はまとめて城の洗濯場に頼むから、自分では洗わない。しかし、まとめて洗われた洗濯物は仕上がりが粗いし、服がダメになるのが早いのだ。それに気づいて以来、私はこうして自分の手で洗濯している。

　短く切った髪を隠すためにふきんをかぶり、粗末なドレスを着た私を、騎士団の従者だと疑う者はいない。

「あんた、また来てたのかい？」

　騎士団の制服を持って頻繁に訪れる私を、洗濯女中達は最初、奇妙なものを見るように遠巻きにしていた。

　けれど、最近では私も下働きだと判断したらしく、普通に世間話をするまでになった。

　母は私を産む前、貴族のランドリーメイドをしていたらしい。そのためか、私は彼女達に妙な親近感を抱いている。

　とはいえ王城では、ランドリーメイドと洗濯女中は同じ洗濯関係の仕事でも、身分が随分違うようだ。ランドリーメイドは中流階級出身の女性が就ける仕事で、魔導石を用いた簡易洗濯機を使い、洗濯物をまとめて洗う。

洗濯機で洗えない、繊細なレースや宝石をあしらったドレスやマントは、平民の洗濯女中の手で洗われている。

「いくら騎士様とはいえ手洗いをお命じになるなんて、あんたも苦労するねぇ」

貧相な身なりの私に、彼女達も同情気味だ。

どうも、騎士団員に無理やりマントの手洗いを命じられていると思われているらしい。

完全なる誤解だが、誤解されていた方が都合がいいので、特にそれを解く努力はしていない。

ついでと言ってはなんだが、私の女性用の下着等を隠れて洗うのにも、この方法は好都合。女性皆無な騎士団では学べない、女としてのあれこれを、私は王城の洗濯女中達から学んでいた。

ここでの私の役回りは、貴族出身の騎士に服を手洗いさせられている、下働きの少女。

腰を屈めての水仕事はつらいが、私の素性を知らない彼女達との会話は、余計な気を遣わなくて済む。

話していると、自然と気持ちがほぐれた。

「こんなとこに出入りしてたら、嫁のもらい手がなくなっちまうよ」

「臭い洗濯女が来たってねえ！」

棒でばしゃばしゃと服を叩きながらひとりが言い、周りの女達が同意するようにゲラゲラと笑った。

洗濯場に出入りするようになって知ったのだが、この世界で洗濯に使われているせっけんは、前世でよく見かけた固形せっけんではない。ジェル状の液体せっけんだ。

どうも原材料に動物性の脂肪を使用しているらしく、これがまた臭い。せっけんと言えばいい匂いというイメージがあった私には、衝撃だった。

前世で読んだ歴史小説に、獣脂に灰汁を混ぜたせっけんが出てきたことがあった。匂いまでは言及していなかったけど、そのせっけんも臭かったんだろうか？

この世界で入浴の時にせっけんを用いないのは、おそらく匂いが原因だろう。匂いさえなければ、汚れはよく取れるし手荒れもしないから活用したいのに。

そうこうしているうちに副団長のマントを洗い終え、私はお礼を言ってその場をあとにした。

騎士団の寮に戻る前に、人目につかない木陰で着替える。

王城の庭園には植えこみやベンチがたくさんあって、私はいじめっ子の小姓達に追いかけられるたびに、そこに身を隠していた。

着替え終わると、絞って脱水したマントを手に、騎士団の寮への道をつらつらと歩く。

洗濯場で他の洗濯物と一緒にマントを干してこなかったのは、向こうに干すと盗難の恐れがあるからだ。

良家出身の騎士団の男性とお近づきになりたい女性は、当たり前かもしれないが大量にいる。

年かさの洗濯女中達を疑っているのではない。洗濯物を運んできたメイド達が、騎士団の男性と知り合うきっかけにしようと、マントを持ち去ってしまう恐れがあるのだ。

仕方がないので、寮の裏庭に干すのが常。庭師さんにはすでに了解を取ってある。

それにしても、せっけん……せっけんね。

ずっと思っていたのだけど、この世界にある物で、日本の固形せっけんを再現できないだろうか？

私は前世でおしゃれなせっけんの手作りキットを使ったことを思い出して、考える。

すべてキットの説明書に従っただけだけど、せっけんを作るために必要な基本材料は一応知っている。

まずは精製水。これは問題ない。この世界では酸性雨が降らない。不純物の少ない雨水を蒸留すれば、限りなく精製水に近いものになるはずだ。

次が、油。地球でのメジャーどころだと、オリーブオイルあたりか。美容にいいのはホホバオイルだとか。これは、普段料理に使っているティガー油を使えばいいと思う。ティガーを実際に見たことはないが、どうも植物らしいので問題ない。

動物の脂肪分でも作れるのだが、例のジェル状のせっけんを考えると、固形せっけんは植物油でいきたい。

そして、これが最も重要な材料なのだけれど、この世界では絶対に手に入らない、苛性ソーダ。つまり水酸化ナトリウムだ。

水酸化ナトリウムは自然界には存在しない物質である。水とナトリウムが結びついてるものだから、おそらく食塩水を電気分解すればできるんじゃないかと思う。中学校の理科の実験でやったし。

しかし発電技術がないこの世界で、その方法は使えない。

魔力における雷の属性は存在するのだろうか？　雷の精霊でもいれば、もしかしたら作れるかもしれない。

けど、精霊を探すところからはじめるなんて、手間が多すぎて却下だ。

あ、そういえば、水酸化ナトリウムは絶対に素手で触らないでくださいって、実験の前に先生に注意された気がする。ろくな知識もないのに、そんな危険なものは扱いたくない。

考え事をしながら寮の裏庭に向かっていると、私に近づいてくる足音が聞こえた。

「ルイ！」

ルイというのは、私が騎士団に所属する上での偽名だ。私を追い出した侯爵家に気づかれないよう、念のために使っている。

私を呼び止めたのは、他の騎士についている小姓のリグダとディーノだった。

リグダは太っちょ豚鼻で、ディーノはひょろっと吊り目。彼らは昔のアニメにありがちな、いじめっ子のテンプレ通りのテンプレを忠実に再現した容姿をしている。

そのテンプレ通り、つい先日まで私にあれやこれやの嫌がらせをしやがってくださいましたのですよ。でも、ひょんなことから私がリグダの命を救って以来、どうも私に対する態度が妙なのだ。

例えば、抱えきれないほど大きな花束や、装飾過多のペーパーナイフを贈ってくる。それも直接ではなく、手紙で。

花は好きだけど、一応男として騎士団にいるから、花束を贈られるのは微妙だ。正体がばれたのかと焦ったが、どうもその様子はない。

新手の嫌がらせかと思ったものの、違う気がする。いじめられっこ歴の長い私にも、彼の真意を推し量ることはできなかった。

あるいはこの世界にも花言葉があり、もらった花は『必殺』とか『私はあなたを嫌っています』的な意味合いだったのかもしれない。その発想に辿り着いた時、副団長室に飾っていた花束はすでに枯れていた。

ペーパーナイフは一応刃物だから、私と同じく世間の常識に疎いヴィサ君は、ついに決闘の申しこみかと色めき立った。

私も気になって、こんなものが届いたとゲイルとミハイルに相談したところ、無視していいと言われた。その際、ペーパーナイフは回収されてしまったので、結局リグダの真意は謎のままだ。

「探したぞ！　一体どこで何をしていた」

リグダの言葉通り、彼らは私を探し回ったのだろう。ぜーはーと荒い息を吐いている。

そんなこと言われても、君達に行き先を言う義理はない。

彼らからの嫌がらせにすっかり慣れたヴィサ君は、退屈そうに空中で伏せをしながらなりゆきを見守っている。

「なんか用？」

私が冷たく言い放つと、彼らは気まずそうに黙りこんだ。かなりそっけない対応だが、自分をさんざんいじめてきた相手に愛想よく振る舞えるほど、私は人間ができてない。

「……今日は、別れを言いに来た」

「別れ？」

意を決したように口を開いたリグダを見て、私は反射的に臨戦態勢に入った。

また、あれだろ？　お前にはここから出てってもらう、ってお得意の追い出しでしょ？　いつまで同じネタ引きずってんだよ。そろそろスベってることに気づけ。

私が内心で毒づいていると、リグダが今までにない真剣な表情で言葉を続けた。

「……俺達は明日、騎士団を去る。今日はそれをお前に伝えに来たんだ」

吊り目のディーノが隣でうんうんとうなずく。まだ昼前なのに、しおらしい彼らの態度は、夕日を背負っているかのような哀愁に満ちている。

あれ？　これはどういう罠だ？

「どうして、それを私に？」

口から出た疑問は、少し皮肉げな響きになってしまった。

彼らが騎士団を出るのが本当だとして、なぜいじめの対象である私に伝える？　しかも、わざわざ探し回ってまで。何か特別な事情があるのだろうか。

私の問いかけに、ふたりは気まずげに黙りこんだ。ふたりで互いの出方をうかがいつつ、足元を見たり手を組みかえたりしている。

お前らは廊下に立たされた小学生か。

相手にしていられないと思いその場を去ろうとすると、進路にリグダが立ち塞がった。

「待ってくれ！　俺は……」

彼は思いつめた顔をしていた。

刃物を出すんじゃないかと、私はとっさに身構えてしまう。何せ、彼には前科があるのだ。

それに気づいたのか、リグダは泣きそうな顔をする。

「本当に違うんだ！　俺はお前に、謝りたいんだよ！」

リグダはそう叫び、ディーノは半泣きになっているリグダの背中をとんとんと叩いた。

どういう超展開だこれは。目を丸くして立ち竦む。

「お前に……ルイに嫉妬してひどいことを言ったり、悪戯したりして、本当にすまなかった。果てには、ルイに向かって魔導を使おうとして。あの時、いつも意地悪ばかりしていた俺なんかを、ルイは助けてくれた。……ありがとう。ここを出る前にどうしても、伝えておきたかったんだ！」

涙ぐみながらリグダは言った。それを補足するように、ディーノが口を開く。

「あの時、リグダのそばにいたのに俺は何もできなかった。大事な友達なのに。俺も、ルイには本当に感謝しているんだ。リグダを助けてくれてありがとう」

そう言ってディーノは頭を下げた。

あまりにも誠実な謝罪に、私は言葉を失う。

今まで謝ることは多々あれど、私自身が頭を下げられた記憶は多くない。……というか、ないと思う。

謝罪というのは、受ける側にも微妙な気まずさを感じさせるものなんだな。どうしていいかわからず、先ほどまでの彼らのように、私は視線を足元に落とした。

「俺達は……多分もうここには戻ってこられない。本当にすまなかった。最後に伝えられて、よかった」

リグダが満足そうな顔で去ろうとする。

気づけば、私は彼らを呼び止めていた。

「待って！」

思わず上げた声に、ふたりが振り返る。

先ほどまでは、小憎たらしいガキにしか見えなかったふたりがやけに純真な目をしていた。

私はもう少しだけ話が聞きたくて、彼らを裏庭にある人目につかないベンチに誘った。

しかしベンチに座ったはいいが、何から話していいかわからない。なんせ、今まで完全に敵対関係にあった相手だ。それ以上に、精神年齢がアラサーなのに、十歳前後の子供と同じ目線で語るのはつらい。

沈黙に耐えかね、私はふたりがここを去る理由を尋ねた。

そして返ってきたのは、想像もしない答えだった。

騎士団には、主に貴族の次男三男が集まっている。もちろん、小姓にも相応の家柄が要求される。小姓の中のリーダー格なのだから、私はてっきりふたりも良家の子息だと思っていた。しかし実は、ふたりの実家は貴族ではないのだという。

リグダは、王宮にも商品を納めている最大手のせっけん工房の次男。ディーノはリグダの家の工房に獣脂を売っている巨大農場の跡取りなのだそうだ。

金銭的にはかなり豊かなのだろうが、商売をしている家は総じて平民。身分は高くない。

幼い頃から親しかったリグダとディーノ。ふたりは、将来は今以上に家業を盛り上げていこうと誓っていた。

しかし、彼らの父親は、王宮との伝を作るため、大枚を叩いてふたりを騎士団の小姓にしたのだ。

ふたりとも、騎士団に入った当初は相当いじめられたという。けれども、相手は貴族の子ばかり。刃向うことは絶対に許されなかった。

それが、貴族と平民の間にある絶対的な身分の差なのだ。

そして彼らは、自分達をいじめていた小姓達が年齢を理由に小姓を辞したのを機に、ターゲットを探し、平民出身の私に狙いをつけた。そして年下の小姓達に舐められないように、率先していじめをはじめたらしい。

前半は同情の余地がある話だが、後半に関してはまったくないな。

ただ、彼は話しながら申し訳なさそうな顔をしていたので、もう水に流してやることにする。

私のそばで丸くなっていたヴィサ君は、くぁあと欠伸した。

さて、彼らがどうして小姓をやめるのかという話だ。彼らは今まで、実家の経済力で小姓達のリーダーとして君臨していられた。だが、先日実家から持ち出した魔導具で魔力を暴走させたため、咎めを受けたらしい。さらには実家の業績が不振で、ふたりとも実家に戻ることになったそうだ。

出戻りなら、哀愁が漂っているのも当然か。

話によれば、彼らはそれぞれの父親から罰を受けるのは確実で、最悪縁を切られかねないらしい。そんなの私には関係ないと思うものの、真剣に謝罪されたあとでは、なんとなく「はい、そうですか」と言って別れる気分にはなれない。

「――ちょっと聞きたいんだけれど」

気づけば、ついそう言っていた。やめておけばいいのに。

ヴィサ君も、そんな顔で私を見ている。

わかっていても、思いついたことは実行せずにはいられないのが、私の性分なのだ。

私の口から溢れ出る言葉を、彼らは目を白黒させながら聞いていた。


それから数日後、私のもとに小包が届いた。封にはディーノの署名がある。

仕事を終えた就寝前、喜び勇んで私はその小包を開けた。

中には、数種類の穀物が小分けにされて入っていた。この世界の穀物を集めるよう、私は、ディーノに頼んでいたのだ。

私は穀物をひとつひとつ手のひらにのせて確認する。

普段、小麦粉代わりにシュピカの粉を使っているが、初めてシュピカの粒を見た。味と同様、形も小麦にそっくりだ。ただし、もみ殻にストライプの模様がついていることを除けば、だが。

もうひとつ気になったのは、シュピルという名前の穀物だ。名前が似ているだけあって、形はシュピルと瓜二つ。ただし、模様がボーダーなので、簡単にシュピカと見分けられる。粒がシュピカよりひとまわり大きいから、大麦かもね。

そして、最後に開けた袋から、私の望んでいた粒が溢れ出た。私は思わず、夜だということも忘れ、喜びの奇声を発してしまった。

声を聞きつけて何事かと部屋に飛びこんできた副団長様には、何度も頭を下げてお引き取りいただきましたとさ。

「やけに機嫌がいいな」

翌日、鼻歌ましりに副団長の私室を掃除していたら、帰ってきた副団長にそう言われてしまった。

いきなりの出現だったから、驚いて跳び上がる。

いつも副団長の帰りをいち早く知らせてくれるヴィサ君は、私が振り回していたお手製ハタキに、夢中でじゃれていた。この猫属性め。

「し、しっつれいしました!」

ごまかすように、私は部屋の外に出る。

上機嫌を隠しておけないのは、前世からの私の性格だ。

仕事が終わったあと、小包に目的の植物があった旨を伝えてお礼をすべく、私はディーノとリグダ宛に手紙を書く。

手紙には、あるものを作る方法を図解つきで詳しくしたためた。そのせいで、書き終わった時にはやけに分厚くなってしまった。それを城の外の業者に出してもらうために騎士団の事務局に行ったら、熱烈なラブレターだなと笑われたりした。果てしなく不名誉だ。

半月後の紫月――七月のはじめ。折り返しで届けられた手紙に書かれていたのは、芳しくない途中経過。私が直接ふたりのもとに行って作り方を教えられればいいのだが、小姓の身ではそういうわけにもいかない。

ふたりの健闘を祈りつつ、一緒に届いた大きな麻袋の中身を確認する。そこに入っていたある穀物を見て、私のテンションはマックスに跳ね上がった。

ディーノとリグダ。君達の友情に乾杯だ。

私はさっそく、お馴染みの寮の厨房にその袋を持ちこんだ。

そして「なんじゃこりゃ」と麻袋の中身に目を丸くした料理長を尻目に、ある作業に没頭したのだった。余談だが、料理長は髭を生やしたそこそこのイケメンで、なおかつ独身である。厨房に出入りする私を煙たがらず、とても親切にしてくれる人だ。

料理長以外の厨房の人達にもだいぶ訝しげな目で見られたが、今は全然気にならない。

ふふん。これに興味を持てないようでは、まだまだ君達も尻が青いな。

ひとり悦に入りつつ、冷たい水と穀物を入れたボウルに手をさし入れ、ひたすら動かした。

さらに二月のち、橙月――九月を迎えたある日。

私のもとに届いたのは、待望の知らせと私が頼んでいたものの完成品だった。

まさかこんなに早く完成するなんて、思っていなかった。

リグダとディーノはすごくがんばってくれたのだろう。私は彼らに心から感謝した。

「今日はとびきりの贈り物があるよ！」

その日の夜、授業のために向かったミハイルの部屋で、私は部屋に入ると同時に叫び、ポケットから小さな陶器の容器を取り出した。

ふたを開けて手のひらに出したそれは、素材の色がそのまま出た、茶色の塊。ぽろぽろと崩れやすいので、容器に入れてあるのだ。

「なんだそれは……」

意気揚々とした私の態度とは不釣り合いな、みすぼらしい見た目だからだろう――ゲイルとミハイルは肩透かしをくらったような表情を浮かべた。

「新作のお菓子か？　食欲を削ぐ見た目だな」

「バカ！　リルの作ったものなら、俺はなんだって食べるぞ！」

期待が外れたからか不愛想なミハイルと、やけに熱く彼を罵倒するゲイルお義父さん。

いやいや、ふたりともこれは食べ物じゃないんですよ。

「これはねー、固形せっけんだよ！」

私の頭の中では、じゃじゃーんと効果音が鳴っている。どうだ、驚いたかー！

「固形……」

「せっけん？」

かなり大きなリアクションを期待していたのに、ふたりの反応は相変わらずそっけない。

あまりの手ごたえのなさに、教える相手を間違えたかとがっかりする。

いいさ。これがどれほど画期的な発明か、きっちり説明しようじゃないか。——まぁ、私が考え出したわけではないが。

「せっけんというのは、あれだろ？　洗濯に使う、どろどろの」

ミハイルは不思議そうに言う。

「でも、これは臭くないじゃないか」

ゲイルも訝しげだ。

「そう。でもこれは、今までのどろどろのせっけんとは違う。あれは動物の脂肪を使って作っていたけど、これの材料は水とネイの糠とバフの花粉なの」

じゃじゃーん！　私がリグダとディーノに製造をお願いしたのは、米糠せっけんでーす！

バフの花粉は、私が普段ベーキングパウダーとして使用している粉。つまりは重曹だ。

そして私が何よりもアピールしたいのは、米糠！

なんと、米を発見したのだ。ガラパゴスで進化論に気づいたダーウィンも、こんな興奮を味わったに違いない。あるいは落ちるリンゴから引力の存在を導き出したニュートンでもいい。元日本人の私にとって、米の発見はそれぐらい大きな出来事だ。自叙伝を書く時には年表に載せたいぐらいである。

二月半ほど前、実家に帰るリグダとディーノに、私はあるお願いをした。

ディーノには、穀物を集めて私に送ること。

そして目的の穀物が見つかったら、リグダにはそれを使ってせっけんを作ってほしいと頼んだ。

はじめは狐に抓まれたような顔をしていたふたりに、私はこの世界の生活を変えるものを作れるかもしれないと熱く語った。

すると、ふたりは絶対に実行すると約束して、騎士団を去っていった。

ここに来てからずっと険悪な関係だったが、最後の最後に打ち解けられて、正直嬉しい。

それはともかく、私が探していたのは米だ。米がなければその副産物である米糠は得られないし、当然、米糠せっけんも作れない。

だから、ディーノが送ってくれた多数の穀物からそれを見つけ出した時は、思わず歓喜で叫んでしまった。本当に、ディーノの素早い仕事っぷりは見事だった。

ちなみに、その植物の名前はネイ。だから、こちらの世界では米糠と言わず、ネイの糠と呼ぶ。

稲、イネ――ネイ。まんまか！

私は心の中で、久々にゲーム製作スタッフにツッコんだ。

ネイという植物は、どうやら古くから存在していたらしい。しかし病気に弱い上、育てるのに大量の水を必要とするため、栽培のコストが大きい。だから、あまり重要視されず、育てている農家は少ないという。

道理で、村でも王都でも馴染みがなく、食べられていないわけだ。

その話を聞き、よく見つけられたなぁと感心した。

なんでも、ディーノの実家の農園付近に、広大な湖があるらしい。水が豊富にあるから、ほそぼそとネイを育てているのだとか。というのも、ネイにはマニアが存在していて、彼らに高値で売りつけたり、珍味目当ての貴族にすすめたりするようなのだ。

米が高値で取引されているとの情報にがっかりだが、精米したそれを大量に送ってくれたディーノにはひたすら感謝である。

私はそれが届いた日、あまりの嬉しさに寮の厨房で米を炊き、おにぎりパーティーを開催してしまった。厨房の人はおにぎりを食べてくれず、喜びは誰とも分かち合えずにひとりきりだったが、それは別に気にしていない。むしろ大量のおにぎりを独り占めできて大満足である。本当だ。別に、強がってなんかいない。

今世初めての日米は美味しかったけど、やはりおにぎりパーティーには海苔が必要だと思う。そのうち、平民街の市場へ行って、海藻類を扱う屋台がないか探そう。あるいは乾物屋だ。

それはともかく、あの日ふたりの実家の職業を聞いた時、直前までせっけんについて考えていた私の脳裏に浮かんだのは、小学生の夏休みに提出した自由研究だった。

危険な水酸化ナトリウムを使用しないせっけん作り。それは米糠と重曹を煮立てて作る、自然派せっけんだった。何度も失敗しながら、祖母と一緒にフライパンの中の材料を木べらでかき回したっけ。できあがったせっけんは、泡立ちは悪かったし見た目もいびつだった。でも、これを使うと肌が綺麗になるのよって祖母が喜んでいた。

おばあちゃん……ぐすん。

回想で里心がつきそうになり、あわてて思考を軌道修正する。余計なことまで考えてしまうのは、私の悪い癖だ。

とにかく、お米を食べる習慣がないこの国では、不可能かと思われた米糠せっけん作りだが、ディーノとリグダのがんばりによって成し遂げられた。

これさえあれば、臭い液体せっけんを使わなくて済む。おまけに、美容にうるさい貴族にもウケること請け合いだ。リグダとディーノの実家も、きっと立て直せるだろう。

私はミハイルとゲイルにそのことを説明した。

そして、ネイの実物がなければわかりづらいかなと思い、用意してあったおにぎりを取り出す。これはもちろん、ポケットにしまっていたわけではない。いつも茶菓子を持ってくる時と同様、お皿にふたをかぶせてカートにのせてきたのだ。

お皿を差し出すと、ふたりはおずおずとおにぎりを取り、食べはじめた。

「これは…………うまいな」

「むぐ、もちもちしてるんだな……。食感が慣れなくて気になるが、中の具と合っているし、食いごたえがある」

中には、甘辛く煮たお肉を入れている。梅干しも鮭もツナもまだ見つけていないので、ふたりの口に合いそうな具を追求した結果だ。おにぎりがふたりに好評で、私は内心ほっとしていた。

自分が美味しいと感じるものに同意してもらえるのは嬉しい。親しい間柄であれば、なおさら。おにぎりは私の故郷の味だ。褒めてもらえるのは、嬉しさだけじゃなく面映ゆさもあった。

それに米さえあれば、チャーハンや雑炊も作れる。もっともちもちした品種があれば、おもちだっておこわだって作れるのになぁ。

「おにぎりの材料の穀物はネイって名前でね。調理しなければ長期保存が可能だし、水で炊くだけで食べられるから夜営の時の食料にもいいよ」

あまりの嬉しさに、なけなしの米知識を引っ張り出して、私はネイをプレゼンした。

「保存食か……ううむ」

戦術オタクのミハイルが、興味深そうにツヤツヤ光るネイに見入っていた。

翌日、リグダから送られてきたせっけんを洗濯女中達にプレゼントした。彼女達には、是非とも液体せっけんの悪臭と戦う仕事生活から、脱してもらいたかったのだ。固形せっけんのプレゼントは、それはそれは喜んでもらえた。

後日聞くと、私のもくろみに反して入浴時に使っているらしいが、まあいいか。

それからも、私はリグダとディーノとの手紙のやり取りをずっと続けた。

彼らは実家で心を入れ替えて家業に取り組んでいる。米糠せっけんの発明で、彼らに特大の雷を落とした父親達の態度も、多少は軟化傾向にあるそうだ。

米糠せっけんは、のちに貴婦人の間で爆発的にヒットする。それにともなって米糠の需要が高まり、国中の水が豊かな村で稲作が行われることに。供給が安定するとネイの値段も下がって、精米された実は安価で市場に出回りはじめるのだった。

気軽にお米が食べられて、私も幸せになった――というのは、また別のお話である。

* ❖ *

「……どうにかならんのか？」

静かな部屋、仄暗い闇の中に年老いた男――メイユーズ国王の声が響く。

彼の声は弱り果て、今にも泣きだしそうだ。

「こればかりは、私の手に負えん」

シリウスは言う。

「賢者たるエルフの力をもってしてもか？」

どう答えれば、王は納得するのだろうか。シリウスにはわからず、結局いつも同じことを言う羽目になる。今まで、何度も繰り返してきた問答を、ふたりは今日も繰り返す。

一年半前、この国の王子であるシャナンは、禁じられた魔導を行ったせいで倒れた。それは自身の魔力の強さに苦しむリルを救うための行動だったが、国を継ぐ者として浅はかでなかったとは言えないだろう。負担を強いられた王子の体は、快復こそすれ、意識が戻らない。

「失った体力を補うためにただ魔力を注ぐことならば、できる。しかしそれでは……」

「『王子は人ではなくなる』、か」

肩を落とした王は、普段は家臣に見せない父親の顔をしている。

王子が目覚めなくなってから、彼はめっきり老けこんでしまった。もともと年齢よりも若く見えただけに、その変わりようは周りの人々を痛ましい気持ちにさせる。

シリウスは人間と長く暮らしているから、他のエルフと比べたら彼らの感情の機微をよく理解している。とはいえ、不老であるシリウスは、人の儚さに慣れすぎていた。

　エルフであるシリウスが、王の心労に共感できるとは言いがたい。

「王子は眠っているのだ。体に異常はない。ただ目を覚ます体力が不足しているだけであるゆえ、治すという話ではない。対処法もないのだ。こればかりは時を待つしかない」

　何度も繰り返した言葉を、シリウスは今宵も辛抱強く王に伝えた。王はわかっていると言うようにため息をつき、傍らのベッドで横になる王子の手を握った。

　彼の手は温かく、寝顔は安らかだ。朝が来れば目覚めて、利発な笑顔を見せてくれると、夢想してしまうほどに。

　シリウスは音を立てずにそっと部屋を出た。そして自分の執務室に戻り、再び机に向かう。

　彼の世話役であるユーガンは帰宅していた。

　外部からの空気振動が伝わらないように術を施した部屋は、人間の世界らしからぬ静かさだ。

「……いつまでついてくる気だ？」

『そっちこそ、もう無視はやめか？』

　シリウスが問うと、空中で退屈そうに伏せをしていた犬が、顔を上げた。

いや、こいつは断じて犬ではない。犬はもっと控えめで、従順な動物だ。

「いい加減、文句を言いにくるのはやめろ。リルのところに戻って、ずっとそばにいるんだ。彼女を守ると言ったのは自分だろう」

ため息をついて、シリウスは吐き捨てる。

『いいのかそんな態度で？　王子のこと、リルに言うぞ』

なんて憎まれ口だろう。精霊――ヴィサークを小さな瓶に詰めこんで、海に流してやりたい。

シリウスはその様子を想像し、湧き上がる憤りをやり過ごした。

「やめろ。リルが傷つくだけだ」

厳しい声で答えたシリウスに、ヴィサークは鼻を鳴らす。

『お前がやけに簡単にリルを引き取ることを諦めたから、おかしいと思ったんだ。裏にはこういう事情があったわけか』

図星を指されて、シリウスは黙りこんだ。

『魔法省で身柄を預かれば、リルはいずれ、王子のために力を求める王家に目をつけられるかもしれない。騎士団の従者に留めて、リルを隠したつもりかよ。だが、もしリルにこれが知られたらどうなる？　あの子は自分を責めるだろう』

常にない真剣な口調で、ヴィサークはシリウスの痛いところを責め立てる。

「言うな。それは私も本意ではない」

シリウスは苦虫を噛みつぶしたような顔をした。

リルのことを思うなら、自分の力を無理やり注ぎこんででも、王子を目覚めさせるべきなのかもしれない。でなければ、リルは自分を責めるだろう。

しかしそんなことをすれば、王子は人ではなくなる。エルフに近い『何か』になってしまう。それはもう、以前の王子ではない。

シリウスは過去、人間に力を流しこんだ時の苦い経験から、処置を施すことをためらっていた。

「お前に、何か策があるとでもいうのか？」

もしやと思い聞いてみたが、返ってきたのはそっけない声だった。

『エルフにも治せないのに、精霊の手に負えるはずがないだろう。俺は心配なのさ。もちろん、リルがな』

精霊はエルフに比べ、感情が豊かだ。そのため人々には慈悲のある存在だと思われがちだが、彼らは無邪気な力の塊にすぎない。

自分の気に入ったもの以外、どうなってもかまわないと思っている、実に残酷ないきものだ。目の前に苦しむ人間がいたとしても、関心がない者であれば、助けようとは思わない。

さらには、人の中に昔『精霊使い』という厄介な存在がいたことから、精霊達は人間をよく思っていない。精霊使い達は、精霊を強引に使役し、虐げていたからだ。

「リルならば、もしかしたら……」

考えないようにしてきた可能性を、シリウスはついこぼしてしまった。

『治せるかもしれないな。しかし、ただでは済まない。多くの代償を必要とするだろう。それをリルにやらせる気か？』

「まさか」

冗談のような口ぶりで話しつつも強い眼差しを向けてくる獣を、シリウスは睨み返した。

リルにそんなことをさせるはずがない。それこそ、何に代えても守ろうと思う、唯一の存在だ。たとえこの国が滅びようとも、それは違えない。

「力は尽くしている。お前は何も知らないふりをしていろ。もしリルに知られそうになったら、お得意のかわいい魔法でも使うんだな」

シリウスの言葉に、ヴィサークは毛を逆立てた。

『お前がこのくだらない術を解けば、今すぐこの城を吹き飛ばしてやるさ！』

シリウスはそんなヴィサークを見つめながら、エルフと精霊は人間とまったく違うものなのだとつくづく思った。

エルフは感情が少なく、ありあまる力と英知を持つ。しかし、新しいものを生み出すことはできない。

精霊は感情しかない。思慮（しりょ）することは苦手で、心地よい方に流れていく、実体がない魔力だけの存在だ。

そして人間は、他に比べて圧倒的に非力だが、感情と理性をあわせ持つ。さらには、様々なものを生み出す想像力を持っている。

もしかしたら、その本質は一番神に近いのかもしれない――

『無視すんな！』

精霊の叫びに、シリウスは我に返った。

――今自分は、何を考えていた？

反応が鈍（にぶ）いシリウスに、ヴィサークは語気を強める。

『とにかく、リルは俺が守る。お前も絶対、リルに王子のことを言うなよ』

「言われずとも」

返事をすると、精霊は窓から出ていった。ヴィサークはいつも、突然来ては怒鳴(どな)って去っていく。

ようやく行ったかと思い、シリウスは窓を閉めた。

あれは以前、ああいう性格ではなかった。シリウスの知っていたヴィサークは、風の精霊らしく自由を愛していた。かつては何ものにも執着(しゅうちゃく)しない、孤高の精霊だったのだ。

やはり契約精霊になると、変わるものなのかもしれない。

その彼がリルを守るとあれほど張りきるのであれば、心強い。

しかし、シリウスにとっては何より腹立たしさと妬(ねた)ましさが先に立った。

本当は、撫(な)でられるのも褒(ほ)められるのも、飼い犬である私の役目だったのに！

シリウスの前世は、リルに飼われていた犬だった。その記憶は、彼女への思慕(しぼ)を高めてやまない。

感情がないという割に欲望まみれの自分を持てあましながら、シリウスは仕事に戻った。

2周目　騎士団の疑惑

自慢ではないかわたくし、前世ではそろばん検定や電卓検定、簿記検定で一級を取得。ついでに、数検に英検、漢検、秘書検定、販売士検定やワープロ検定、日商PC検定まで網羅していた。普通自動車免許は、通勤時にフル活用だった。

どれもさして難しくはないが、履歴書の欄を埋めるのに一役買ってくれた検定達。

検定オタクだったのではなく、学生時代と、失業期間中にハローワークの職業訓練に通って取得したのだ。大半は日常生活の役に立たないが、とりあえず計算とお茶出しは得意である。

そんな地味スキル達が、まさか乙女ゲーム世界で役立つ日がこようとは。

橙月――九月後半のある日、私は主人である副団長に申し出た。

「騎士団での事務仕事を手伝いたい？」

以前、副団長は膨大な事務仕事を抱えているのだと聞いた。それから、ずっと考えていたことだ。なんでも、騎士団の事務方でトップを務める主計官が寝込んで、彼の仕事が副団長にまわってきているのだという。

　前世で事務の仕事をしていたから、副団長を手伝えるかもしれない。紫月——七月頃から仕事が減っていたようだったが、橙月に入って、再び副団長は忙しくなっているみたいだ。お仕事を手伝い、彼のお役に立つ絶好のチャンスである。

　いつもより少し眉間に皺が寄った程度だけど、訝しげな顔をした副団長。私はできるだけ不安そうな顔で彼を見上げた。

「はい。私が巨大化させたテリシアの木の話をシリウス様にうかがった際、私が闇の精霊使いに狙われているのではないか、とおっしゃってましたよね。来月は、闇の属性が強くなる黒月です。昼間に寮にひとりで残っていることに、不安を感じます。邪魔はしませんから、本部のすみにでも置いていただけたらと思いまして……」

　か弱い子供を演じてみる。まあ、実際私はか弱い子供なんだけれど。

　副団長は考えこむような顔を見せた。彼は理知的な頭で、私の提案を推し量っているんだろう。そして決断は速かった。

「わかった。寮の警備も決して甘くはないが、不安ならば同行を許そう。ただし決して邪魔をせず、勝手に出歩かないように」

「はい！　ありがとうございます、カノープス様！」

私はハキハキと返事をして満面の笑みを見せた。営業スマイルは大得意だ。

翌日、朝の家事を一通り終えて騎士団本部の副団長の部屋に行くと、副団長にひとりの青年を紹介された。

「彼は団長の第二従者で、クェーサー・ノドラスティア。彼に仕事を教わるように」

副団長の隣に立つのは、平凡な外見の青年だった。なんだか仰々しい名前なのに小柄な東洋人風の見た目で、少年っぽさがある。でも彼が困ったように笑うと、目尻のしわがしっかりと年齢を感じさせた。

貴族には美形が多くて平凡な外見が逆に珍しいので、彼の容姿にほっとさせられる。

「君が噂の副団長の従者君だね。これから一緒になる機会も多いと思うけれど、どうぞよろしく」

「こちらこそ、よろしくお願いします」

敬礼されたので、私もそれに応える。私達のやり取りを確認すると、副団長はあっさりといなくなってしまった。

どうも、私につきっきりで仕事を教えることも放っておくこともできないから、別に教育係をつけることにしたようだ。

「お手を煩わせてしまい、申し訳ありません、アドラスティア様」

私がそう言って頭を下げると、彼は恐縮した顔になる。

「いやいや、団長の従者と言っても第二だから補佐みたいなものだし、家格もそんなに高くないんだ。だから、硬くならないでくれよ。同僚としてよろしく頼む。呼び方もクェーサーでいいよ」

「でも、私は新参者ですし」

「いいんだ。むしろ、君が来てくれれば人手が増えて助かるよ。カノープス様は今まで従者を持ったことのないお方だから、混乱することもあると思うけれど、がんばってね」

「はい！　よろしくお願いいたします」

新入社員の心得として、とりあえずはきはき返事をしてみる。久しぶりに家事以外の仕事ができそうで、私はワクワクしていた。いや、別に家事が嫌いなわけではないんだが。

たまには机に向かって仕事したい時だってあるんですよ、人間。

前世の私はパソコンの見すぎでかなりのドライアイだったけど、今世ではディスプレイがないと思うとちょっと寂しかった。

「まず覚えてもらう仕事は、カノープス様宛の手紙や荷物の仕分けだよ」

そう言って連れてこられたのは、副団長の部屋の横にある従者の控え室。

なぜ副団長宛のものがここに？　と疑問を持つよりも前に、四畳半ほどの空間を埋めつくす手紙や小包の山に、私は目を丸くする。

言葉も出ない私の反応を見て、クェーサーは困り顔で笑った。

「驚いたろう？　これらはすべてカノープス様宛の手紙なんだけれど、手つかずになっているんだ。そのうちに溜まってきてしまって……あまりにも量が多いから、この部屋にまとめてある」

「でも、中に急ぎの手紙とかあったら、大変ですよね？」

「いや、急ぎの知らせや優先順位が高いものは、ここにはない。届いた時点で僕と団長の第一従者がざっと仕分けてカノープス様にお渡ししているんだよ。この部屋にあるのは、カノープス様を慕う令嬢や、繋がりを作りたいその親達からの手紙が主かな。君の仕事は手紙を差出人別に仕分けして、内容にざっと目を通すこと。そして、重要と思われるものだけ書類にまとめてほしい」

「え、読んじゃっていいんですか？」

「カノープス様から許可されているよ。たださすがに、僕達もそこまでは手が回らなくてね」

クェーサーは、一層困ったように笑う。

その顔から、私は悟ってしまった。

副団長は、特に必要のない仕事をわざわざ見つけてきて、私に割り振ったのだろう。『仕事をしている』という名目を、与えるために。

これで私は気が済んで満足。副団長も私に煩わされずに大満足……

ってなるかボケェ！

呆れを通り越して、私は俄然燃えてきた。

副団長がそのつもりなら、こっちだってやってやろうじゃないか！

山となった手紙達を、見事に仕分けちゃいますよ！

黙りこむ私を見て、仕事量に唖然としていると思ったのだろう。クェーサーは私の肩にポンと手を置き、「無理しないで、自分のペースで進めてくれてかまわないからね」と言った。

その時、いつもは率先して悪態をつくヴィサ君が珍しく何も言わなかった。

「これがノストフード子爵家で、こっちが……またルマンド侯爵家!?」

私はまず、荷物はあと回しにして、山積みの手紙に取りかかる。

現在、差出人別に仕分け中だ。

早くも付き合ってられないと判断したのか、ヴィサ君は姿を消した。

それも当然。だって一日で終わる量では到底ないのだ。さらに、仕分けたそばから手紙がどんどん届くので、なかなか終わりが見えない。

気が遠くなりかけると、私は心の中で会社の歯車ですよーと念じた。

集中して進めると、差出人ごとの簡単な仕分けはなんとか三日で終了。次々届く手紙も、差出人は大体同じなので、慣れてしまえばすぐできる。

四日目からは、手紙の内容の確認をはじめた。

この中に魔導がかかったものはないそうなので、遠慮なく封を切り斜め読みしていく。

最初は貴族独特の迂遠な言い回しや、複雑な人間関係のせいで内容が理解できずに苦労した。でも、山の半分を切り崩した頃には差出人側の事情がわかってきて、効率が上がった。

私はガンガン手紙に目を通し、重要と思われる事項をメモした。

差出人別に読んでいくと、今の貴族社会の情勢がうかがい知れて大変面白かった。例えば、特定の人物を異常に意識していたり、自分が悪く思っている人を毎回遠まわしに扱き下ろしていたり。

令嬢は他の令嬢の足を引っ張るし、その親達もまた然り。

普通、自分宛の手紙に他人の悪口を書いてくる人には、好印象なんて抱けないと思うんだけどなあ。彼女達はそう考えないらしい。

私は手紙を通して、少なくとも十以上の貴族の弱みを握ったと思う。

でも、手紙が最近のものに近づいてきたところで、私は面白いなんて言ってられなくなった。

いろいろな人の手紙に、王家への不満や、それに対して騎士団がどう対応するのかうかがうような文が並んでいたからだ。

そういえば以前、ミハイルに聞いたことがある。怠惰王の異名を持つ何代か前のダメな王様の時代に、騎士団がクーデターを起こそうとしたことがあると。

それは、王家の者が主導した企みだったという。その際、主導者は騎士団の力を強めようと、独立した会計機関として主計室を作った。

ところが、怠惰王は武力蜂起が起きる前に不慮の事故で失命した。王の座を継いだのは、クーデターをもくろんでいた王家の者。彼は騎士団に全幅の信頼を置いていたため、主計室はそのまま残されることとなった――

以来、王と騎士団長の信頼関係のもと、主計室は存続し続けているそうだ。もし騎士団がクーデターのために秘密裏に予算を使ったとしても、王はなかなか気づけないに違いない。

前世で暮らしていた日本は、平和な国だった。外国同士が戦争していることはあっても、それはニュースや新聞で見聞きする話で、現実味がなかった。

でもこの国は、違う。いつだって、内乱や戦争が起きる可能性があるのだ。

ミハイルの授業は、前世の歴史の授業と同じようにどこか遠い別の国の話として聞いていた私だけれど、その認識は間違っていたと思い知る。

手紙から立ち上るきな臭い匂いに、知らず身震いした。

そして一通の手紙に、私の目が留まる。

「シャナン王子の……留学？」

その文章の意味を理解するのに、少しの時間が必要だった。

慕わしいシャナン王子。でも、会いたくなってしまうから、近況はあまり知りたくなかった。

偶然読んだ手紙には、シャナン王子が最近こっそり他国に留学したという話が書かれていた。

嘘、だろうか？

そんな話は聞いたことがない。

いくら私が騎士団の下っ端の下っ端でも、自国の王太子が他国に留学するとなったら耳に入るはずだ。なのに、知らなかった。

でも、知らないからといって嘘だと一蹴できない。なぜなら、今まで読んだ手紙の中にも、王太子の体調を気遣うものや、公の場に出てこない彼に疑問を呈するものがあったからだ。

王子が長く――ここ半年以上、民の前に姿を現していないのは確からしい。

私は混乱し、恐怖した。

本当にただ留学しているのなら、いい。

離れていても、いつか会える。その時、彼の役に立とうと思えば、がんばれるから。

けれど、王子が公に現れないのがもし別の理由だったとしたら？

体調を気遣われているということは、どこか悪いのだろうか。

重病にかかり、治療のために国外に出て、不調を隠すべく留学を装っている可能性もある。

思考はどんどん悪い方に転がっていった。

考えたくないと思いながら、どうしてもある考えに辿り着く。

――まさか私のせい？　私の治療を王子が無理に行ったから？

下民街出身のつまらない子供を助けたことで、王子が体調を崩す。

そんなバカなこと、あっていいはずがない。

手紙を持つ手が震えた。熱い吐息が、引き結んだ唇のはしから漏れる。

泣かない。泣く資格なんかない。

まずは、真偽を確かめるんだ。

情報で一番重要なのは正確性だと、ミハイルに習ったじゃないか。

自分に言い聞かせ、私はさらなる情報を得るために、手紙を読むことに没頭した。

それから何日も、副団長に無理を言って私は本部に泊まりこんだ。

もちろん寮にある副団長の私室の掃除や、彼の食事の用意はきちんとこなした。洗濯はなんと、洗濯女中達が請け負ってくれた。私のあわただしい様子に同情したのだろう。

彼女達には、お礼にまたせっけんを贈ろう。

家事以外の時間はずっと本部に詰めて、手紙を読む。

一度読んだ手紙でも、目を皿のようにして読み返す。

些細なことでも、重大な情報に繋がるかもしれないからだ。

幸い、普段は口うるさい副団長も、それほど干渉してこなかった。手紙を読んでいる分には危険もないと判断したのだろう。もしかしたら、大量の手紙を押しつけた負い目があったのかもしれない。

それでも、毎日夕食を終えると早く寝るように念押しされる。私は彼の目を盗んで、布団の内側に光のペンタクルを描き、中にもぐって手紙を読み続けた。

そして半月が経ち黒月(こくげつ)――十月に入った頃、手紙の整理の仕事がようやく終わった。

私は有益な情報を書類にまとめたと副団長に伝えた。

すると、いらない手紙の処分を指示されたので、あとで役立ちそうな何通かを懐(ふところ)に入れ、残りはすべて焼却する。

部屋から運び出される手紙を見ながら、副団長に想いを寄せる令嬢達にちょっと同情した。

そのあと、まとめた書類を副団長に渡し、報告する。

「こちらが手紙を受け取った記録と差出人の方の氏名一覧になります。手紙の内容や推測事項をまとめた書類はこの下です。重要度が高い順に記してありますので、少なくとも一枚目は絶対に目を通していただきたく存じます」

私は社会人モードの平坦な声で言った。副団長はいつもと変わらないクールな目で私を見る。

そして渡した書類に目を落とした。

彼がしばし沈黙したので、私は不安になってくる。

「何か？」

「いや。書類仕事は得意なようだな。見やすくまとめられている。他に経験のある業務は？」

仕事の評価は上々らしい。でも経験と言ったって、私はここでは六歳ですがね。まぁ、前世ではいろいろあるけど。

私は思いきって考えていた言葉を口にした。

「はい。計算や会計処理が得意です」

言ってから、胸がドキドキした。

まったくの嘘ではない。どっちも得意だった、前世では。

でも、この世界での会計処理なんて知らない。得意どころか、できるかどうかもわからないのだ。

なのに私がこう答えたのは、ある目的のためだ。

副団長は今、病に臥した主計官の会計処理も代行している。それを手伝えば、副団長のそばにいる時間も増えるだろう。その間に、王子について何か情報が得られるかもしれない。

私は小さな希望に賭けた。

ついでに、この国の軍事を受け持つ騎士団のお金の流れを知れば、国内の、そして騎士団内のきな臭い動きについても少しはわかるだろう。

副団長やミハイルの様子を見ていれば、騎士団がクーデターを起こすことはないとは思うけれど、念のためだ。別にスパイするわけじゃない。知った情報を口外するつもりもない。ただ、王子の役に立つべく、情報を集めるのだ。私は悪いことはしていない、と自分に言い聞かせた。

ゲイルやミハイルに若干の疚しさを覚えつつ、副団長の反応を待つ。

カノープスはしばらく考えこんだあと、口を開いた。

「では、明日から新しい仕事を任せよう。会計業務で頼みたいことがある。今日は休め」

あっさりと望みが叶いそうで、緊張がゆるむ。しかし、明日からなんて肩透かしだ。

「まだ昼ですよ？　今からでも働けます」

食い下がる私に、副団長はため息をついた。

「顔色が悪い。寝不足だろう」

痛いところを突かれ、黙りこむ。

確かに、仕事に没頭して、ここ何日かは睡眠時間を少ししか取っていなかった。

それは早く仕事を終わらせたかったからではない。寝ようとしても、余計なことを考えてしまって眠れないのだ。ならば、仕事に集中して余計なことを考えないようにしたいというのが大きな理由だった。

「仕事熱心なのは結構だが、休むことも仕事のうちだ」

そう言って副団長が私の顔に手をかざすと、まぶたがどんどん重くなってきた。

ワーカホリックのあなたには言われたくない。抵抗しようとがんばったのだけれど、結局それに抗(あらが)いきることはできず意識を失ってしまう。

その直前、まるで抱き上げられたみたいな浮遊感を感じた。頬に当たる胸は、母のものとは違って硬かったような気がする。

約束通り次の日から、会計業務の手伝いがはじまった。

騎士団本部の副団長の部屋に行くと、はじめに簡単な計算問題をいくつか出された。足し算にこんなに緊張したのって、初めてかも。

ちなみにこの世界、日本で作られたゲームだけあって十進法の上にアラビア数字が使われている。計算方法は前世と変わらないので、違和感がなくて非常に楽だ。

五桁(けた)までなら筆算するほどでもない。私は手元に架空(かくう)のそろばんをイメージして、ひょいひょい暗算していく。社会人になってからは計算機ばかり使っていたから、暗算に随分時間がかかっていたが、この世界ではステイシーの家で初等数学を教わった。その時に慣らしているので、だいぶ勘が戻ってきた。

すらすらといくつかの問題の答えを記したところで、カノープスに手元の紙をさらわれてしまう。

「……どうやって答えを出した？」

あれ？　ステイシーの家では何もつっこまれなかったよ？

「暗算です」

「この桁の合算でか？　それに、その指の動きはなんだ？　魔導でも使っているのか？」

質問攻めだ。それにしても……暗算しただけで魔導って。

今更だけど、ファンタジー世界だな。

「これは魔導ではなく、手元に道具があると仮定して計算しています」

「道具とは、算術用の道具か？」

「はい、現物がないのでうまく説明できませんけれど」

しばらく難しい顔で眉間を揉んでいた副団長は、やがて考えるのを諦めたように重いため息をついた。

「……もういい、今は詳しく問わない。これらの計算はすべて正解だ。お前にこのレベルの計算を任せても大丈夫だとわかれば充分だ。今はな」

なんだか、自分に言い聞かせてるような言い方だった。そんなに異常みたいな扱いをされると、地味に傷つくんですけど。

副団長は、自分の執務机に載っていた大量の書類を私用の小さなテーブルの上に置いて山を作り、はっきりと言い放った。

「ここに記されている計算をすべて検算しろ。間違いのないように」

私はよくもまあここまで積み上げたなという量の書類を見て、心の底からパソコンが懐かしくなった。そして電卓も。

私はテーブル、副団長は執務机に向かい、黙々と作業に取り組みはじめる。

それにしても、今まで副団長はひとりでこの量の書類をこなしていたのだろうか？

しかも検算なんて下っ端仕事を？

通常業務の上にこれもだなんて、忙しいはずだ。というか、完全にオーバーワークだと思う。

こんなことならもっと早く手伝うって申し出ればよかった。小さな下心は関係なしに。

積み上げられた書類は、いわゆる経費報告書。騎士団で購入した備品などが箇条書きに並んでいて、横に購入個数や金額、さらに紙の一番下にその合算が書かれていた。

それにしても……なんだこれ。

すごく雑な書類ばかりだ。字も汚くて読みづらいし、数字が抜けているところがいくつもある。

何枚か目を通した時点で、嫌な予感でいっぱいになる。

私は書類の山をもう一度見ると、ため息をついた。

陰謀だのなんだのの前に、伝票ぐらいちゃんとまとめようよ。

結局、十枚ちょっと書類をチェックしただけで私はかなり気力を消耗してしまった。

なぜ上司に提出する書類に計算間違いや記入漏れなどがあるのか。それも一ヵ所ではなく大量に。この世界の労働観念はどうなっているのだろう。

真面目にミスゼロを徹底してた前世の自分が馬鹿らしくなる。

「副団長……間違っているところが、とてもたくさんあるのですが」

黙ってはいられなくて、副団長に抗議してみた。しかし彼は――

「それを検めるのがお前の仕事だ」

と、にべもない。

ああ、さいですか。そうですよね、この書類が不備だらけなのはとっくにご存じですよね。

それからはもう、無駄口を叩かずひたすら仕事に集中した。

——やがて夕刻の鐘が鳴る頃、私はようやく最後の書類に正しい解を書き入れた。

達成感で、んーっと伸びをする。

この体のいいところは、肩こりがないところだ。

ちらっと副団長に目を向けると、最初に腰かけた時とまったく同じ体勢で座っていた。

そういえば、今日一日ずっと副団長はここでデスクワークをしていた気がする。

この人は本当に騎士団所属か、と私は内心で呆れた。訓練はしなくていいのだろうか。

もちろん、一番呆れているのはこの書類を提出した人達に対してだけど。

「終わりました。カノープス様」

「ああ、ご苦労——ちょっと待て、すべてか？」

「えーと、そういうご指示でしたよね？」

問われて、私は少し戸惑いがちに答える。

「途中の品目と数量も確認したか？」

ちゃんと仕事をしたか疑われてるのか。気づいて、ちょっとムッとする。

「いたしました。それではわたくし、ご夕食の準備がありますので先に寮に戻っております。カノープス様はいつ頃お戻りになりますか？」

「あ、ああ……これが終わったら。二メニラほどで戻る」

二メニラ――一時間か。食事の準備にちょうどいい時間だ。

副団長の視線を背中で感じながら、私はきびきび歩く。

それにしても、がんばって夕食前に終わらせたのに、疑うなんてひどい話だ。

私は本部を出ると、早足で寮の食堂に向かった。


「騎士団の主計室って一体どうなってるの⁉」

副団長の食事の給仕を終えた足で、私はミハイルの私室に駆けこんだ。

部屋に入った途端に叫んだ私の剣幕に、ミハイルは驚いたようだった。

この部屋はヴィサ君に風の魔法をかけてもらって防音になっているので、安心して大声を出すことができる。ちなみに、ゲイルは自宅に戻ったあとで今日はいないらしい。

「なんだ、藪から棒に」

「今日カノープス様の書類を手伝ったんだけれど、ひどい書類ばかりだった。間違いだらけだし見にくいし、あんなの上司に提出すべきじゃないよ！」

私の怒りに、ミハイルは微妙な顔になった。

「まあ主計室はなぁ……。それにしてもお前って、ほんと真面目だな」

私が真面目なんじゃなく、平気でサボってるやつらが多すぎる。

国民の作ったシュピカでパンを食べてるくせに、サボるとはマジで何事だ。

「あそこは、今じゃお飾りみたいなもんだからな。お前が怒るのも無理はないが」

私の怒りをなだめるように言って、ミハイルは苦笑した。

「お飾りって、ろくに働いてないの？　でも主計官様には、特別な権利が認められているんでしょう？」

「それは昔の名残ってやつだよ。今の主計官様はほぼ名誉職だから、積極的に業務に携わるなんてことはなさらない。上がってきた書類に、ただ判を押すだけの仕事さ」

「あの書類をただ通すの!?」

私は本気で驚いた。

あの書類が通過しているとしたら、主計室なんてまったく意味のない部署だ。まさにお飾り。

誰か査察に入れ。査察に。

「じゃあ、国から下りる騎士団の予算は、どうやって決まるの？」

通常は前年に使った金額によって、決められるものじゃないだろうか？

少なくとも私の常識ではそうだ。

「騎士団の予算は割合で決まっている。国が徴収する税収の一割だったかな」

「一割！」

「お前、さっきからいちいちうるさいぞ」

ミハイルは迷惑そうに眉をひそめたが、私はそれどころではなかった。

そんな大金がつぎこまれている騎士団の会計機関が、あんなに杜撰だなんて！

税収の一割ということは、国家予算の一割だ。

私は呆れを通り越して泣きたくなった。

だって税収は、国民ががんばって稼いだお金なのだ。それを湯水のように無駄遣いするなんて、許しがたい。

「ねえミハイル。最近、遠征に行った？　行った隊、ある？」

私の突然の問いに、ミハイルは面喰らったようだった。瞬きをくり返しながら答える。

「いきなりなんだよ。国境から帰ってきて以来、遠征なんてない。ゲイルの家かここにいたんだから、お前だって知ってるだろ？　このところ平和で、他の隊もずっと本部にいるぞ」

私が遠征の情報を知らなかったわけではないらしい。今日見た書類を思い出しながら、私は唸る。

戦闘用の魔導具とか、新しい武器とかを購入するのは、まだわかる。

だけど、鎧の装飾用の宝石や、行ってもいない遠征の費用請求ってなんだよ。

後者は明らかに架空請求でしょ。この国の法律は知らないが、普通なら違法行為のはずだ。

もうこれは陰謀どころじゃない。ちょっとでも王子や王家に対する騎士団の動向の手がかりがあればと思ったけれど、それ以前の問題だ。

あやしいお金の流れを探るなんて、今の騎士団にはまったく意味がない。だって、ちゃんとした監査機関が存在しないのだから。クーデターのための武器だろうがなんだろうが、いくらでも購入できるだろう。こんなのザルですらない。ただの穴だ。

「騎士団は抜本的な改革が必要だよ」

「お前ってさ、はんとにそんな言葉どこで覚えてくるんだ？」

ミハイルにどうどうとなだめられながら、私は心の中で闘志を燃やした。

抜本的な改革と言ったものの、どうしたもんかな。

窓から差しこむ月明かりのもと、私はベッドの中で寝返りを打ちつつ、今後の行動について思案していた。

騎士団の主計室に対する怒りは、控え室に戻ってきたところでちょっと落ち着いてはいたが、やっぱりまだ納得はできていない。

それは真面目に仕事をしない人間と、国民を蔑ろにしている権力者に対する怒りだった。要は義憤というやつだ。

でも今は、見ず知らずのサボり魔達に憤るよりも、王子の助けになることが先決なんじゃないかという気持ちもある。私の優先順位は、何を置いても一番が王子の役に立つこと。こう言ってはなんだけど、他は割とおまけだ。

もちろん、ゲイルや彼の奥さんで私の義母ミーシャが好きだとか、ミハイルにケーキを焼いてやろうだとか、副団長が仕事大変すぎるからしっかりサポートしようという気持ちはある。

でも大元の目標を見失ってフラフラしていたら、結局私は何も成し遂げられないのではないか。それを考えると、自分は今どう行動すべきか、悩ましかった。

現状として、私は王子の状態を知らない。

ただ副団長宛の手紙によると、王子は半年以上前から貴族の前に姿を見せていないらしい。そして最近になって、国民に充分な説明もなく隣国に留学したと言われている。

正直、とても心配だ。

でも噂好きと名高い貴族達でも知らないのに、今の私が王子の情報を得る方法なんてない。

シリウスに聞いたら何かわかるかもしれないが、彼がいるのは王城の中心部。騎士団の騎士ですらない従者が、おいそれと近づける場所ではなかった。

テリシアを巨人化させ、副団長に連れられてシリウスに会った際、彼に王子について尋ねなかったことを、心底後悔した。

本当は少なからず、知りたかったのだ。

でも聞けなかった。それは、王子の近況を聞いて、会いたい気持ちが膨れ上がるのを恐れたからだ。いつか自力で彼の御前に立てる日が来るまで、彼と会うことはないだろうと覚悟してここまできた。

また、もし中途半端に会ってしまったら、いろいろと決心が鈍りそうな気もする。

かつて、毎日のように私の部屋の窓辺に訪れた王子。

彼を心待ちにしていた日々が、今は懐かしい。死にそうなくらい苦しかったけど、王子に会えて幸せだった。

センチメンタルな自分を叱咤して、私は思いきり首を振る。ざんばらな髪がバサバサと音を立てた。

私は悩んだら動けなくなるタイプだ。今は先に進まなければ。どうにもならないことを考えるのはやめよう。道のりは遥(はる)かに遠いとわかっていても、進むしかない。

そう自分に言い聞かせ、私は頭を切り替えた。

そして副団長の手紙から得ることのできた、諸々(もろもろ)の情報を思い出す。

まずは貴族の中に広まりつつあるらしい、王家への不信感について。

これは、王の後継である王太子の不審な動向と、今まで圧倒的な指導力を誇ってきた王様が、最近は執務に身が入らないでいることに起因しているようだ。

それぞれの原因は謎だが、どちらも同時期の出来事ならば、これらは関連した事象なのかもしれない。

次に気になったのは、いろいろな人の手紙にやけに登場した名前。

王弟ジグルト・ネスト・メイユーズ。

この人はゲームに登場しなかったので顔も名前も知らなかったのだが、現王の異母弟でかなり優秀な人物らしい。王の不調が囁(ささや)かれはじめた昨今、彼の影響力が急に増しているという。

メイユーズ国では、王以外の王族が実権を持つことはない。そのため、今までは奉仕団体の長官などの名誉職に留まっていた彼だが、最近はどうも男性貴族の社交場であるサロンに頻繁に顔を出し、公然とロビー活動を行っているようなのだ。

まあ、その辺は明確な情報として手紙に書かれていたわけではない。多くの手紙を読んだ私の推測だから、確証はないんだけれども。

でもこれって、かなりきな臭い状況だよなー。

王弟の影響力が増してくるなんて、いい予感はまったくしない。

前世で暮らしていた頃、戦記物のラノベでよく読んだ筋書きだ。

もしそれがこの国で起ころうとしているのなら、正直、私ひとりでどうにかできることではない。

早急に誰かに相談すべきだろう。ミハイルの実家は騎士団では名の知れた家らしいから、すでに何か知っている可能性もある。それを私に話してくれるかは、微妙なところだが。

一番いいのはやはり、副団長に相談することだろう。騎士団では秘密にしているけれど、彼はエルフなので、人間の権力闘争に興味がない。それに、完全に実力で今の地位までのし上がった人だから、余計なしがらみもない。

つまり、すでに王弟に取りこまれているという心配をしなくていいのだ。相談する上で、この条件は大きい。

もちろん、話したところで自分には関係ないと切り捨てられる可能性もあるが、その時はその時だ。無関心ゆえに妨害される心配もないのだし。

最悪、彼の名前を借りて、届いた手紙に返事をしてみるのも手だ。

ミハイルの話では、彼は社交界に滅多に顔を出さないそうだし、バレはしないだろう。

手紙から察するに、貴族の中にはすでに王家に反発するいくつかの陣営ができはじめており、みんながみんな、莫大な魔力と騎士団での発言権を持つ副団長を取りこみたがっている。

そのうち一通でも手紙を返せば、喜んで情報を流してくれるだろう。

人の手紙に勝手に返事を出すのは、気が咎める。でも、手段を選んでいる場合じゃない。

情報は力だ。

もしも杞憂ではなく、王弟がクーデターを起こしたりなんかしたら、王子は帰る国をなくしてしまう。命だって狙われるだろう。

そんなこと、絶対にさせるもんか。彼のために今私ができることなら、なんだってやろう。

決意を新たにして、私は眠ることにした。

不良精霊のヴィサ君はここしばらく戻ってこないので、私としてはちょっと寂しい。こんなに頻繁にいなくなるなら、迷子になっても大丈夫なように今度首輪でも作ってあげようかな。

首輪をつけたヴィサ君の姿を思い浮かべて、私は思わずニヤけてしまった。きっと、わんころっぽくなることだろう。レース編みのかわいい上着を作ってあげてもいい。こっちはもちろん、嫌がらせだ。

寝返りを打った時、ふと思いついた。

主計室のことは、とりあえず一旦保留にしておこう。

冷静に考えてみると、あの決算報告は手抜きで杜撰な出来なのではなく、何かを隠蔽する目的があるのかもしれない。

頭は動こうとするのに、一日の労働で疲れた体が睡眠を要求していた。そうしていつのまにか、眠りに引きこまれていった。

どんな状況にあったとしても、王子を最優先にする。

方針が定まったところで、私は朝から、さっそく行動を開始しようと意気込んでいた。

まずはそれとなく副団長に相談し、彼から人間社会の闘争に興味がないという発言を引き出そう。そして、どうにかうまく言って彼の名前を借り、手紙による調査をする許可をもらうのだ。

もし断られた場合には、勝手に手紙を書くことになるかもしれないが、それでもかまわない。

私は別に正義の味方になりたいわけではないのだ。道義にもとることだってしてやろう。王子のためなら、なんだってやる。

しかし、やる気満々だったにもかかわらず、わかりにくいが嬉しそうに朝のパンケーキを食べていた副団長に、私は先制パンチをくらった。

「そういえば、君の所見を読ませてもらった」

「所見、ですか？」

このあとの片づけの手順を脳内で組み立てていた私は、なんのことかわからなくて目を丸くした。

そんな私を、副団長が訝しげな顔で見る。

「君が寄越しただろう？　まさか別の人間が書いたものか？」

「ええと……なんの所見でしょうか？」

副団長は呆れたようなため息をついた。

「私宛の手紙をまとめた書類の最後に、今後の王国に対する考察が書かれていた。あれは君の考えじゃないのか？」

そう言われて、私はようやく副団長がなんの話をしているのか理解した。

それは、手紙の内容をまとめた書類の最後に添付した、私の考察だ。貴族の噂話を総括し、今後の情勢に対する自分なりの考えを記しておいた。

でも、副団長は手紙を幾月も放っておくほど貴族間の人間関係に無頓着だ。まさか書類の最後にあったそれにまで、一日で目を通すとは思わなかった。

「あれは確かに、私が書いたものですが」

「なかなか興味深い考察だった。手紙など装飾文ばかりでうんざりしていたのだ。誰も彼も君のように単刀直入に本題のみで済ませてくれれば、難儀しなくて済むのだが」

限りなく無表情に近い顔で、副団長は言う。私は結局、彼の言いたいことがわからなくて、頭の中にハテナマークをいっぱい浮かべた。

そもそも、彼が自分からこんなに喋ること自体が珍しい。

「そこで、君の考えを聞きたい」

「考え、とは？」

「君の所見通り、国内にどうもあやしい動きがあるらしい。しかし、君も知っていると思うが、私は人間社会について疎いし、正直興味もない。たとえこの国でクーデターが起きようと職を失おうと、まったくどうでもいい。だが、私は叔父上から君の身柄を託された。そのためにはまず、環境の安全を整える義務がある」

「はあ」

何が言いたいのだ、このエルフは。

「なので、君に今後の対策などを問いたい。君はどうするのが最善だと思う？」

あまりにまっすぐな言葉に、私は一瞬詰まった。

最近感じることなのだが、副団長は相手の年齢を気にしない。

究極の実力主義者だ。

だから私が六歳の子供であっても、侮らないでちゃんと意見を聞いてくれる。バカにしたりしない。多少、過保護気味ではあるにせよ。

使えるとわかった者はどんどん使うし、使えない者はすぐに切り捨てる。なんだか外資系企業みたいな人だなぁと思う。有給はないけど。

それにしても、このタイミングでまさかこの話題が振られるとは。

タイミングがよすぎて逆に怖い。

もしかして、副団長は私の頭の中を読む魔法でも使えるんじゃなかろうか？

だとしたら、今までいろいろ失礼なツッコミばかり入れて、ごめんなさい。

「……私は、貴族の方々からいただいたお手紙のいくつかにお返事を書いて、情報収集をすべきだと考えます。同時に、騎士団内での意識調査も必要です。もちろん、表立ってはできませんが」

「騎士団内で、だと？」

「はい。みなさんは騎士とはいえ、貴族の家柄の方がほとんどです。家の方針で、すでに何がしかの派閥に属している方がいるかもしれません。場合によっては、その方々の働きで騎士団が内部分裂することもありえます」

「すでにそこまで事態は差し迫っていると？」

「いえ、あくまでも私の推測ですし、そうなるとしてもかなり先のことだとは思います。ですが、用心にこしたことはありません。味方に敵がひそんでいれば、安全の確保は難しくなります」

「確かにその通りだ」

副団長は考えこむように腕を組んだ。

私も、言いながらあるひとつの疑問が浮かんだので、この機会に率直に口に出してみる。

「そもそも、カノープス様はなぜ人間の世界に降りてらしたのですか？」

副団長は今、『たとえこの国でクーデターが起きようと職を失おうと、まったくどうでもいい』と言った。つまり副騎士団長という役職にすら、まったく魅力を感じていないとわかる。

ここ半年ほど彼の近くで生活をしていて知ったことだが、彼にはプライベートで仲のいい人間はいないようだし、これといって趣味もなさそうだ。

特に執着するものがなさそうなのに、なぜ人間界にいるのだろう。

彼の行動原理を理解するには、まずそれを知らねばならない気がする。

「それは、叔父上がいらしたからだ」

特に隠していたわけでもないのか、副団長はあっさりと言った。

「シリウス様を追ってらしたのですか？」

なんだか意外な話だ。

テリシアの件での会談の際には、それほど親しそうには見えず、とてもさばさばしていた印象だったのだけど……

それとも、人間にはそう見えただけで、エルフ的にはあれですごく仲がいいのだろうか？

「まあ、そうだな。と言っても、私はこちらに来るまで、彼に会ったことはなかったのだが」

「え？」

「私が生まれる前に、叔父上は人間界に降りてしまわれた。私が生まれた時にはすでに、天界に彼はいなかったのだ」

副団長は遠い目をした。

「会いにいらしただけなら、なぜ天界に帰らなかったのですか？」

今の言葉だけでは、彼が人間界に留まっている理由はわからない。

「叔父上がなぜ人間界に留まるのか、興味があった。彼はエルフの中でも特別な存在だから」

「特別、ですか？」

人間がエルフについて知っていることは少ない。それは、ゲーム知識を持っている私も同様だ。

シリウスがエルフの中で特別だなんて、全然知らなかった。

正直、さっきから初耳な話ばかりで、情報処理が追いついていない。

「……エルフは、その力によって序列が決まる」

何を言い出すのかと、私は副団長を見つめた。

「私の名前は二番目を意味している。つまり、私はエルフの中で二番目に魔力が多いということだ」

「ええ！」

驚きで思わず仰け反りそうになった。古典的だが。

だって、もともと人間より強い魔力を持つエルフの中の二番目って。人間には想像もできないほど、強い力ということだ。

その上、彼の次の言葉は、私にさらなる衝撃をもたらした。

「そして、一番が『シリウス』。つまり叔父上だ」

「ええぇっ！」

今度は仰け反るどころか、頭が爆ぜそうになる。

そんな設定があったなら、なぜゲームに生かさない！　超チートでめちゃくちゃかっこいいではないか、スタッフよ！

それとも、私が死んでから追加コンテンツが発売されたとか？

混乱して脳内ツッコミを連発していたが、その時ふと、思い当たることがあった。

――なんてことはない。

『カノープス』という名前は、前世の世界の星の名だ。

冬の星座で、シリウスが輝くおおいぬ座の下にある、シリウスの次に明るく輝く星。

私は不意に、前世で親とケンカして家を飛び出した夜のことを思い出した。

ひとりでは怖いから、飼っていた犬の青星を連れていった。

驚くほど、星が綺麗な夜だった。

夜空の中に、私はシリウスを探した。

見つけやすいオリオン座の近くに一際大きく輝いていた、シリウス。

あれがお前だよ、と言いながら私は青星を撫でた。青星は無邪気に私を見上げて尻尾を振っていたっけ。

その下に輝いていた、シリウスよりも少し小さくて明るい星。この世界にはない星々。

あれがカノープスだった。

——果てしなく遠い。あの頃と今が、これほど遠く感じられた瞬間はなかった。

「どうかしたのか?」

ぼんやりしていた私は、副団長の声で我に返った。

「いえ……それより、出仕なさらなくてよろしいのですか?」

「まだ大丈夫だ。ルイに手伝ってもらうと仕事が早く進むから、助かる」

そう言って、副団長はかすかに笑った。本当にかすかに。

この人に、名前を呼ばれたのは初めてかも。

正直、知らないんじゃないかと思っていた。シリウスは彼の前でも堂々とリルと呼んでたし。

それに、褒められてしまった。

どうしよう、嬉しいぞ。さっきまで副団長の名前を使って勝手に手紙を書いてやろうという、最低なことを考えていたというのに。

「あ、名前……」

「騎士団での名前はこれだろう。叔父上はリルと呼んでいたが」

「そちらが本当の名前です。ルイという名前を使っているのは、騎士団にいることを隠しておきたい相手がいるので」

「詳しくは聞かん。興味もない。私は君の働きがあれば充分だ」

……なんか、悪意はないんだろうけど、きっと今の言葉ってひどいよね。

それなのに嬉しいと思ってる自分は、おかしいのかもしれない。

性別や年齢、名前に環境——そんな私に付随するものを全部無視して、この人は私の能力を買ってくれているのだ。それってなんだか、とっても嬉しい。

「ありがとうございます。今後も誠心誠意、務めさせていただきます」

頭を下げたのは、多分赤くなっているだろう顔を見られたくなかったから。

「では、話を戻すが、手紙の返信に関しては君に一任しよう。私の名前は自由に使ってもらってかまわない。ただし、特定の勢力に肩入れしすぎないことと、事後でも定期的に進行状況を報告するように。騎士団内部の調査に対して、何か君の意見はあるか？」

「私は騎士団に入ってまだ日が浅いので、なんとも……。しかし、カノープス様が自ら動かれてはどうしても目立ちます。特に信頼なさっている部下の方はいらっしゃいますか？」

「仕事ができる者はいるが、それと信頼できるかどうかは別問題のように思う」

そうかもしれない。概して、仕事ができる人は内面を隠すのがうまい。

それにしても、どうしようか。ミハイルとゲイルの名前を出したら、私に下心があると思われるかもしれない。でも、私にはふたり以外に騎士団の中で信用できる人なんていない。

「私が個人的に親しくしている騎士でよろしければ」

「ミハイル・ノッドとゲイル・ステイシーか？」

「ご存じでしたか」

会ったことはあるが、覚えているとは思わなかった。

「君の推薦人と養父だからな。それに、以前会った時、君は彼らを信頼しているようだった」

てっきり私への興味は薄いと思っていたのだが、そういうわけでもないらしい。

「はい。ふたりの能力と忠義心は私が保証いたします」

「ふたりの能力は私の知るところでもある。しかし、ノッドの実家は騎士団の中では名の知れた名門だ。そちらにすでに取りこまれている可能性も考えられる。一度会って直接話をしてみるか。時間や場所の調整は任せる」

副団長がふたりを即座に採用しなかったことに、私はこっそり安堵した。

人間社会に興味がないという割に、丸投げにするつもりはないらしい。こういうところが、彼が副団長にまで上りつめることのできた理由なのかもしれない。

力だけで副団長になれるほど、騎士団は甘くないはずだ。特に、身分がものをいう世界である。

「では、今晩にでも。城外に出て人に見られては無用な憶測を呼びますので、城内で場所を決めます。私にお任せください」

私の脳裏には、ある場所が浮かんでいた。

少し無謀な気もするが、そこに副団長が赴くなんて誰も考えないだろう。

「私はそろそろ出仕するとするか」

「かしこまりました。片づけが終わり次第、私も執務室へ参ります」

「いや、実は君には他にもやってもらいたいことがある」

「え？　……なんでしょうか？」

　できる部下気分でノリノリだったのに、水を差されてしまった。

　書類仕事以外に一体どんな仕事があるのだろうかと、私は首を傾げた。


「結局、こうなるわけね」

　騎士団本部二階のひんやりとした石造りの廊下を進みながら、私はため息をついた。

　私の横ではクェーサーが、分厚い書類を手に標準装備の苦笑いしている。

「あの手紙を一月かからずにひとりで整理したなんて驚きだなあ。けど、君が有能だからってこんなこと頼まなくてもいいんじゃないかと思うよ。まさか、あそこに君を連れてくことになるなんてね」

　クェーサーの口振りに、私の不安と虚脱感はより一層大きくなった。

「そんなにひどい場所なんですか？」

「うーん、とりあえずは自分の目で確かめてみたらどうかな？　環境ってのは、人によって受け取り方が違うものだし」

彼の言葉に、私は確かにと納得した。だが、クェーサーの主観を垣間見たあとでは、不安を感じずにはいられない。

さらに足された言葉が、余計だった。

「ひとつ、これは僕からの忠告だ。決して彼らに深入りはしないこと。何を言われてもにこにこ笑って書類の受け渡しだけしてればいい」

私は思わずクェーサーの手にある修正箇所だらけの書類の束に目をやり、ことさら大きなため息をついてしまう。

その時、クェーサーの足が止まった。

騎士団本部の端にある、古ぼけた扉の前だった。

中からは、やいのやいのと騒がしい声が聞こえる。

仕事中に騒がしくなる部署ではないはずだ。むしろ、騎士団の中でもっとも静かでなければならない場所だろう。

もう、扉を開けることさえ嫌だ。

「着いたよ。ここが騎士団の主計室だ」

扉の横に取りつけられている半透明の球体に、私はどうしても触りたくなかった。触れれば、扉が開いてしまう。

しかし、そうも言っていられない。

「失礼します」

まるで、わけもわからず先生に呼び出されて職員室に入る時のような、居心地の悪い気分だ。

クェーサーの挨拶を聞きながら、私はそんな場違いな感想を抱いた。

実際に部屋の中を見ると、職員室なんてとんでもない。

不良を集めた学校の教室みたいに、ひどい有様だった。

部屋にいたのは、内勤の騎士の制服をだらしなく着崩している男達。一応、不潔ではないが、貴族ばかりの騎士団員とは思えない。

そしてテーブルの上には、見覚えのある琥珀色の液体が入ったジョッキと、無数のカードが乱雑に散らばっている。

私は目を疑った。

え、ここって場末の酒場じゃないよね？　騎士団本部の一室だよね？

っていうか、この国にお酒はないはずでしょ。じゃあ、あれはなんだ。ジュースか。

「団長から返却された書類をお持ちしました」

慣れているのか、クェーサーは素知らぬ顔だ。

「おー、ジガーのとこ置いとけ」

ダラしない男――略してダラ男のひとりが、いかにも適当に答える。

他のダラ男のバカにするようなにやにや顔に、不快感を覚えた。

クェーサーはまったく気にした素振りもなく、彼らから離れた机に向かった。

その机には、ナヨッとした地味顔の男の人が疲れた表情で座っている。彼がジガーらしい。ダラ男達が少し筋肉質なのに比べ、まさに文系ですといった見た目だ。

返却された書類の束を見て、ジガーは深いため息をついた。

「それでは失礼します」

クェーサーが軽く会釈して踵を返すと、ひとりの男から声をかけられた。

「待てよ、今日はちびっこつれてるじゃねーか。挨拶はねーの?」

ちびっこと言われ、クェーサーの一歩後ろにくっついていた私はぎくりとした。

遊んでるんだから、無視してくれてもいいじゃないか!

そう思うが、答えないわけにはいかない。私は膝を軽く折って礼をする。

「はじめまして。カノープス様の従者をしております、ルイ・ステイシーと申します」

私の挨拶に、男がひとりピューと口笛を吹いた。

ああ、もう！　私だって言いたくなかったよ、副団長の従者とか。絶対絡まれるじゃん。

クェーサーがすかさず、彼らと私の間に入ってくれる。

クェーサー、超いい人！

私は普段は大人しい彼の男気に感動してしまった。

「お前が噂の？　本当にただのガキじゃねーか」

「カノープス様はどういうつもりかねー？　さてはお前、お稚児ちゃんか？」

ガッハッハと、品のない笑い声が響く。

お前ら、本当に貴族の端くれか？

恐怖よりも、イライラが先に立った。

自慢じゃないが、治安悪すぎの下民街出身者の私は、チンピラ風情の彼らなんて怖くもなんともない。人をからかって囃し立てるくらいでは、中学生男子と変わらないだろう。

こういう輩は徹底して無視するに限る。

とはいえ、全然平気ですという顔だと難癖をつけられそうで嫌なので、私は速攻で頭を下げた。

とりあえず頭を下げる。これ、日本人の基本です。

「お仕事のお邪魔をして、申し訳ありませんでした！　失礼いたします」

できる限りの大声でそう叫んだら、一瞬、全員が呆気にとられたようだった。

この隙に、と私はクェーサーのズボンを引っ張る。そしてふたりで足早に部屋を出た。

「驚いた」

部屋からだいぶ離れたところで、クェーサーは口を開いた。

「本当に驚いたよ。君、結構いい度胸してるね」

「そうですか？　ただ世間知らずなだけですよ」

「うーん、そういう問題かな？」

言いながら、クェーサーは標準装備の苦笑を見せてくれる。その表情は頼りなさげでも、今回の件でさり気なく庇ってくれたクェーサーへの好感度は、かなり上がった。

「見てわかったと思うけれど、今じゃ主計室は騎士団の厄介者の巣窟になっている。だから、騎士団が独自に持っている会計機関とは言っても、ほとんど機能していないのが実情だ」

クェーサーの説明に、道理であんなに書類が間違っていたわけだと呆れた。

「もともとは問題を起こした騎士団員を反省させるために、一時的に主計室に預けていたらしいんだ。けど、主計室が設立されてから時間が経過して、仕事に慣れている者がいなくなってしまってね。今ではあの様だよ」

「引き継ぎはしなかったんですか？」

「今の団長は親王家派の方でね。ずっと主計室に新しい事務官を補充なさらなかったんだよ。派閥のバランスの問題で、なくなりこそしなかったけどね」

私はなるほどとうなずいた。

それにしても、クェーサーは随分騎士団の事情に詳しい。

見た目から二十歳くらいかと思っていたが、もっと上なのかもしれない。

「だから、君も彼らに関わる時には充分に注意しなよ。出身が貴族だけに、あいつらは下手なチンピラよりたちが悪い」

心底嫌そうな顔で、クェーサーは言う。なんだか珍しい表情を見た。

それはともかく、彼の話を聞いて浮かんだ疑問を、口に出してみる。

「でも騎士団の会計業務は、誰かがしないといけませんよね？　主計室の彼らがやってないなら、本当は王宮の方で管理してるんですか？」

「いや、あそこにジガーという男がいただろ？」

「はい」

「彼は、主計室の状態があれじゃ、いくらなんでもということで、最近団長が補充した事務官なんだ。彼が手がけた書類だけは、どうにかまともだよ。期日も守ってくれるし。」

あの労働環境には、同情するけど」

「彼もずっと騎士なんですか？」

その割には、なよっとしすぎだったような。

「ジガーは平民出身なんだ。なんでも、前は有名な商店で奉公していたらしい。だから、計算はめっぽう強いよ」

なるほど、ジガーはあの中で唯一本職さんなわけか。

それにしても、貴族で騎士のはぐれ者の中に平民のビジネスマンを放りこむなんて、団長も無茶をする。

無茶というか、無謀というか。とんだブラック企業じゃないか。それじゃ、よくなるものもよくならない。腐ったみかんの中に普通のみかんを入れるようなものだ。腐ったみかんは全部捨てて、たとえ一個でも、普通のみかんをお皿に置いておくべきだと思うけどね、私は。

その夜、副団長を誰の目にも触れさせずに連れ出すために、彼の部屋で少し細工をする。私はまず、ペン型の魔導具で自分の体に『隠身』のペンタクルを描いた。

「カノープス様、見えますか？」

『隠身』は魔法粒子で体を覆って、人に姿を認識させないようにする魔導なので、話すことはできる。

副団長はうなずいた。

「魔法粒子を用いて姿を消す魔導か……。初歩ではあるが、これほどの魔法粒子を集めてしまうとはな」

言葉では感心しているようだが、副団長は呆れ顔だ。

すいませんねと内心で拗ねつつ、私は副団長の手を握った。すると副団長の姿も見えなくなる。

これも『隠身』の効果で、魔導の使用者が手で触れている物体や生物の姿も、周囲から見えないようにできるのだ。ちなみに姿を消している間、他人から使用者に触れることは不可能である。

「失礼いたします。では、ミハイル・ノッドの部屋までお連れします。彼の部屋には音が外に漏れない魔法がかけられているので、部屋に入る姿さえ見られなければ大丈夫かと思います。ご不便をおかけしますが、しばらくはご辛抱ください」

「いいだろう。だが、君の足についていくのは時間の無駄だ」

そう言って、副団長はひょいっと私の体を抱き上げてしまった。どうやら、私を抱えて歩くつもりのようだ。私の歩くスピードに合わせることを考えると、副団長的にはこうやって移動する方が効率的らしい。

人に見られる心配はないし、見た目は子供だけど、壮絶美形エルフである副団長様にだっこされるのは心臓に悪い。今はエルフの外見ではないとはいえ。

私は内心のパニックを悟られないように、大きく深呼吸をした。

病気の時は別だが、今彼に縋りつく勇気はない。縋るかわりに、彼の腕に腰かけながら肩に手を置く。長身が特徴のエルフらしく副団長も背が高いので、下を見ると怖い。

私が体の位置を定めている間に廊下に出た彼は、うかがうように私を見た。

「では、この廊下をしばらくまっすぐでお願いします」

一刻も早くミハイルの部屋に着けるように、私は早口で副団長に言う。

いつもミハイルの部屋に行く時は、私は使用人用の細い通路を使う。実は普通の行き方を知らないので今日もその通路に案内したのだが、副団長は少し窮屈そうだ。

途中、意地悪な小姓達が体を寄せ合って通路を塞いでいた。

どうしたものかと困っていると、彼らは私の悪口に興じはじめた。

こともあろうに、副団長の前で……！

「聞いたか？　ルイのやつ、本部に出仕してカノープス様の仕事を手伝っているそうだ」

「最近寮で見かけないと思ったら、そういうことだったのか。さすが、平民様はご機嫌取りがうまいな」

「カノープス様もどうかしている。あんな魔力を暴走させるようなガキをおそばに置くなんて」

「団長の命令で仕方なくだと聞いたぞ。でなければあんな貧相なガキ、誰が召し上げるものか」

口々に彼らは私をけなす。

リグダとディーノがいなくても、基本的に小姓達の私に対する風当たりは強い。

あっちゃー。

悪口を言われるのは別につらくないが、副団長に聞かれるのは居心地が悪すぎた。

なんだか学校で軽くいじられてるのを親に知られた、みたいな感じ。

「……カノープス様といえば、結局あのお方はどちらの陣営につくのだろうか？」

誰かがぽつりとつぶやいた言葉に、私の体は強張る。副団長が耳を澄ましている気配がした。

「なんでも、どの貴族が誘っても梨のつぶてらしいぞ」

「カノープス様は騎士団長に取り立てられたのだから、親王家派ではないか？」

「しかし、あの方は貴族出身ではない。表に出さないだけで、王家に反感を持っている可能性もあるぞ！　その証拠に、夜会や王家主催の舞踏会にはほとんど出席なさらないじゃないか」

意見が割れる小姓達のやり取りに、ひとりが思い出したように言う。

「そういえば、最近団長は革新派に鞍替えされたとか」

「バカな！」

小姓達がざわめく。

私も、思わず叫んでしまいそうになるほどの衝撃だった。

私と副団長は顔を見合わせる。

しばらくして落ち着いてきた小姓が、意を得たりという顔で話し出した。

「こうなると、革新派としては是が非でもカノープス様を引き入れたいところだろうな。そうすれば騎士団は完全にジグルト様の……」

「おい、滅多なことを言うなッ」

厳しい叱責の声が上がるが、相手の小姓はひるんだ様子もない。他の小姓が億劫そうにため息をつく。

「私の主人は革新派だからな。家の意向とはいえ、面倒だ」

「考え方を変えろよ。僕らは跡取りになれない二男や三男だが、今回の件に乗じてうまくやれば、実家での株も上がるかもしれない。つまりチャンスだよ。もし最終的に騎士団がすべて革新派につけば、それに乗じて家格だって……」

「それも国の平和があってこそだと思うがな。では、俺は戻るぞ。そろそろ主人が風呂から戻ってくる」

「ああ。では、何かあったらまた」

その言葉を合図に、彼らは散り散りに去っていった。

騎士団で働いているとはいえ、ただの子供だと思っていた彼らが、まさか騎士団内のきな臭い騒動に巻きこまれていたとは。

それにしても、団長まで革新派についた可能性があるなんて、とても信じられない。頭の処理が追いつかない。困惑していると、副団長がたっぷり沈黙したあとに言った。

「……どうやら、予想以上に騎士団内部で分裂が進んでいるようだ。ルイ、彼らの主人の名を調べておけ」

「かしこまりました」

彼らの話を聞けたのは、思いもよらない収穫だ。しかし、知ってしまった事実はいささか重すぎて、恐れのような気持ちを抱く。もちろん、彼らの言葉をすべて信じるわけではないけれど。

「そういえば、ルイ。もしやお前は、彼らとうまくいっていないのか？　まさか、仕事上の妨害を受けていたりしないだろうな」

「へ？　い、いいえ、子供の遊びですよ。お気になさらず」

あ、それ忘れてた。っていうか、忘れてくれよ。空気を読んでくれよ。

よりにもよって副団長に仲間外れを心配されてしまうとは。自分的にまったく応えていなかっただけに、対処に困るし恥ずかしすぎる。副団長は重苦しい表情で私を見下ろしている。

うう、身の置き場がない。しかし副団長の腕から飛び下りるわけにもいかない。

居心地の悪い空気のまま、無事、誰にも見つからずミハイルの部屋の前まで辿り着いた頃には、私は大いに精神力を削られていた。

あらかじめ決めておいたテンポでドアをノックすると、待ちかまえていたらしいミハイルが扉を開ける。

ちなみに寮の騎士の私室には、ドアを自動開閉するための例の石は設置されていない。

「ようこそいらっしゃいました」

そう言ったミハイルが入り口から一歩退くと、副団長は部屋に入る。部屋の中では、ゲイルがびしっと背筋を伸ばして立っていた。

ミハイルが扉を閉めたのを確認して、私は腕に書いた『隠身』のペンタクルをこすって消した。

体の周りに集まっていた魔法粒子が散っていく。

『隠身』を使って訪ねるとは言ってあったけど、私が副団長に抱えられているとは想定していなかったのだろう。ふたりが一瞬びくりと身動ぎしたのがわかった。

しまった。下りてからペンタクルを消せばよかった。

「邪魔をするぞ。さっそくだが、まずはそなたらの意思をはっきりさせたい。自らの実家について、何か言っておくべきことはあるか？」

厳しい口調での副団長の問いかけに、ふたりが体を強張らせる。

ミハイルが敬礼し、普段は見ないハキハキとした様子で答えた。

「ミハイル・ノッド。騎士団第三部隊、隊長を拝命しております。現在のところ実家からの連絡は何もありません。私自身は団長のご意向に従うつもりです」

ゲイルも敬礼しミハイルに続く。

「ゲイル・ステイシー。同じく騎士団第三部隊、隊長補佐。実家は一応子爵ですが、王都から遠く離れた領地を賜っているため、今は静観の構えです。私自身は隊長と同じ考えでおります」

ふたりの言葉を聞き、副団長は何か考えこむようにしばらく沈黙した。

私の方がドキドキしてしまう。

「わかった。とりあえず、楽にしろ。これは非公式な会談であるから、形式ばった儀礼は必要ない」

そう言いながら副団長は部屋に入ってすぐのところにあるソファに腰かけた。

ミハイルとゲイルは一瞬戸惑うような顔を見せたが、やがて観念したように副団長の向かいのソファに腰を下ろした。

「君達が信頼できるということは、ルイから聞いている。私も君達の能力の高さは、すでに知るところだ。そこで、折り入って頼みたいことがある」

さっそく本題に入る副団長に、私は驚いてしまった。そんなに信頼の根拠にされてしまっても困るのだが。もちろん、ミハイルとゲイルを推したことにやましさはないけれど。

私はとにかく、音を立てないよう気をつけつつ、急いでお茶の用意をする。お茶菓子は昼間焼いておいたクッキーだ。

「騎士団内でどれほど派閥化が進んでいるかが知りたいのだ。君達には秘密裏に、そして早急に調査してもらいたい」

その内容に、ミハイルは目を見開いて聞く。

「早急にですか？」

「ああ、どうやら私が想像していた以上に事態は進行しているらしい。手遅れにならないうちに手を打っておきたい」

真剣な表情で話しながら、副団長はクッキーに手を伸ばした。

深刻な場面なのに、どうやら甘味の誘惑には勝てなかったらしい。

「私も君ら同様に団長を支持するつもりでいるが、騎士団内には団長が革新派についたという噂が出回っているらしい。ふたりとも、耳にしたことは？」

ふたりは、はっと息を呑んだ。

それはそうだろう。

団長の意向に従うつもりのふたりだが、それはあくまで団長が親王家派であった場合の話だ。実家の方針との兼ね合いもあるだろうが、彼らが積極的に革新派を支持するとは考えにくい。

しかし、ふたりはそうでも、騎士団内で信頼の厚い団長がもし革新派についてしまったら、騎士団は一気に革新派に傾く可能性がある。

そうなれば辿り着く結末はひとつ——軍事クーデターの再来だ。

ミハイルとゲイルはしばしの沈黙のあと、首を横に振る。

「いいえ。初めて耳にしました。そのような噂が？」

「ああ。しかし、あくまでも噂だ。私の知る限り、団長は王家に絶対の忠誠を誓っておられる。騎士団を混乱させて内部分裂を起こさせるために、革新派が流した噂だろう」

「不敬な……」

ゲイルがつぶやく。

ミハイルはしばらく考えたあと、口を開いた。

「だとしたら、相当頭のいい人間が煽動しているのでしょう。いくらなんでも、そんなことになっているとしたらこんなに内々に事が進むはずがない」

「おそらく内部の、それもかなり上位の人間だろうな。このままだと厄介なことになる」

副団長はクッキーをかじりながら苦い顔をした。

ミハイルとゲイルも深刻な表情だ。

私はぎゅっと服の胸元を握った。

あの手紙の山をまとめてから、まだ数日しか経っていない。それなのに、まさかこんなことになるなんて。クーデターが起こるとは思わないけれど、さっき副団長が言ったように、事態が進むのが速すぎる気がした。

革命は、一度火がついてしまえば止まらなくなる。

王子が国を追われる姿を想像すると、息が詰まった。

——そんなこと、絶対にさせるもんか！

＊　✣　＊

オオーン……オオーン……

闇の満ち満ちた空間に、もの悲しい鳴き声が響く。

それは動物の唸りにも、叫びにも聞こえた。

あとは闇だ。ただひたすらの、原始の黒。

「かわいそう、だね」

闇の中に、人の声が落ちた。

それは、哀れんでいるようにも、嘲っているようにも聞こえた。

「風属性の者は、特に自由を愛する。風の精霊である君が闇に取り巻かれるのは、つらいだろう——気が狂うほど」

ひたりとヴィサークに触れた手は、まるでトカゲの肌のように冷たい。

ヴィサークは渾身の力を振り絞り、その手を振り払った。そしてまた吠える。

オオーン……オオーン……

嘆き。苦しみ。怒り。焦り。

精霊の感情は、人のそれより激しく、濃い。

ヴィサークは、胸の中で荒れ狂う感情が、闇の粒子に紡がれた糸でキリキリと締め上げられているような気がした。

「それにしても　なんて弱い精霊だろうね。格下の精霊使いの飼い犬かな？　我々以外にも精霊使いがいるとは驚きだけれど、使役してるのがこれじゃ、期待できない、か」

残念そうに、彼はつぶやいた。

主人をバカにされ、己を侮られ、ヴィサークはさらなる怒りに震えた。

「しかし言葉を解するということは、それなりに力があるはずだろうに。あるいは強力な精霊の眷属なのかな？」

彼は楽しそうな声で言う。それはまるで、死にゆく虫を見つめる子供のような無邪気さだ。

「あまりにも計画がうまくいきすぎているから、そろそろ邪魔が入ってもおかしくないとは思っていたけれどね、だからって、飛びこんできたのがこんな飼い犬一匹じゃなあ。……この国は平和に慣れて、肥えた家畜と同じだ。あとは出荷されるのを待つだけ」

最後だけ吐き捨てるように、彼は言う。

その声を聞きながら、ヴィサークは想った。ひたすらリルのことを。

己が守らなければならない、か弱く小さな主人。

リルに心配をかけたくなくて、単独行動したのが悪かったのだ。

あやしい相手を探っていたら自分が囚われてしまうなど、考えもしなかった。

ヴィサークは風の精霊の王であり、誇り高い獣だ。

いくら、今はシリウスに力を封じられているとはいえ、己を捕まえることのできる人間がいるなんて想像もしていなかった。

精霊使いは滅びたはずだ。かつて、シリウスの力を借りて、精霊と人の手で闇に葬ったのに。

「君も、闇の者だったらよかったのにね」

心底残念がるような声音に、ヴィサークは寒気を感じた。

ヴィサークを縛るのは、冷たい闇の力だ。

それは、この精霊使いの属性が闇であることを示している。

よりにもよって！

ヴィサークは歯噛みした。

闇の属性は、他の属性とは性質が明らかに異なる。

その他の属性は自然から力を得るが、闇の属性だけは動植物の憎悪、そして恨みや妬みなどの醜い感情から生まれるのだ。例えば、無念を抱えたまま死にゆく動物の最後の一声や、生存競争に負けた弱い個体の嘆きから。

そして人類が生まれたことで、世界に満ちる闇の粒子は圧倒的に増えてしまった。人の感情は動植物のそれとは異なり鮮明で、かつ複雑だ。たやすく妬み、恨んだりもする。

そこから生まれた魔力はやがて、集って意思を持つ闇の精霊になる。

闇の精霊は、精霊界の異端の存在だ。彼らは『魔族』とも呼ばれ、極めて厄介で残忍な性質を持つ。

「ご主人様が来るのをいい子で待っておいで。そしたら、僕がその主人を殺してあげよう」

グルルル……グルルル。

恨めば、怒れば、憎んでしまえば、それを吸う相手は力を増すばかり。

わかっていても、ヴィサークは自分の中に膨れ上がる凶暴な感情を抑えることができそうにない。

リル。リル。

だからその名前をお守りみたいに心のうちでぎゅっと抱いて、呼び続けた。
自分に残された一片の理性が、闇に紛(まぎ)れて消えないように。

3周目　不穏な知らせ

「主計官様が殺された？」

ヴィサ君がもう一月近く帰らないから、そろそろシリウスに相談しようと思っていたら、副団長ともども向こうから呼び出された。

何かと思って行ってみたら、衝撃の事実を告げられたというわけだ。

「主計官様って、確か体調を崩されていたんですよね？　病死ではないのですか？」

私は状況がよくわからず、とりあえず疑問を口にする。

「死体は爪と皮が剥がされた状態だったそうだ。それもバラバラになって。いくらなんでも自然死ではありえないな。それに、現場には闇の魔法粒子が色濃く残っていた。もしかしたらこれは、国境地帯での闇の精霊に関する一件と繋がりがあるかも知れない」

「え……」

シリウスの言う国境地帯での一件には、私も関わっている。一年と四月ほど前、ミハイルと出会った国境近くの森で闇の精霊が人間に取り憑いて、大惨事になりかけたのだ。

エルフであるシリウスがいるこの国において、闇の精霊の被害は他国に比べて極端に少ない。その中で共通した闇の精霊による事件だ。それならば私が呼ばれたことにも納得がいく。

シリウスは、その村で騒ぎを起こした精霊使いと、今回の犯人が同一犯かもしれないと言いたいのだろう。こんなところでふたつの事件が結びつくとは思っておらず、私は驚いてしまった。

ウップ……それにしても、バラバラ惨殺死体なんて随分ひどいことをする。想像はしない方が賢明だ。感情の薄いエルフふたり組は素知らぬ顔だけれど、まともな感性を持つ私としては、胸のむかつきを禁じ得なかった。

押し黙る私をよそに、副団長はシリウスに尋ねる。

「発表はどうなさるのですか？」

「死んだことは、隠しておけぬ。近日中に病死と発表されるだろう。子供もなく夫人にも先立たれているし、これと言って騒ぐ親族もいない」

「それで、なぜ我々をお呼びに？」

「本来なら騎士団長に先に知らせるのが筋だが、リチャードは数日前から害獣狩りに遠征中だな？　……殺されたのはよりによって騎士団の主計官だ。これが昨今の騒ぎと無関係なはずがない。騎士団内部の分裂と繋がりがあるかもしれん」

「ご存じだったのですか？」

副団長は驚いた声で言った。それは私も同感だ。

なんとなく、シリウスは人間が何をしようが気にしないのだとばかり思っていた。

その考えを読んだのか、シリウスがちらりと私を一瞥する。

「騎士団は閉じられた組織だが、だからといってパイプがないというわけではない。それにしても、最近リルを随分と働かせているようじゃないか？　私が気がついていないとでも思ったか」

げ。新入社員の子供に干渉して、勤め先に殴りこむモンスターペアレントが出ましたよ。信じられない話ですが、意外にいるらしい。

あわてて私が弁解しようとすると、副団長に手で制される。

「リルはすでに騎士団の所属です。あなたに干渉されるいわれはない」

ちょ！　そんな挑発するような言い方をしなくても。

ノーモア、ケンカ。ノーモア、諍いですよ。

「ほう。随分な口を利くな、カノープス」

あー怒っちゃったよ。でも、顔は笑ってる。これぞ、笑いながら怒る人。いや、ふざけている場合じゃない。

それにしても、シリウスってなんでエルフなのに短気なんだろう？

ゲームじゃ、もうちょっと大人な性格だったのになあ。

「あの、別にいっぱい働かされてないですから！　皆さんよくしてくださいますし、ちゃんと休憩もいただいてますし、衣食住も保障されてます。実家に比べたら、天国みたいです」

私の心からの思いだった。

そしてそれよりも――

「国のために、ひいてはシリウス様や殿下のために働けるのなら、私は本望です」

私がきっぱり言いきると、シリウスは何かを噛みしめるような顔をした。

なんなんだ、一体。

「……私も、国を再び戦火にさらすわけにはいかぬ。この前は国の一部ながらも武力蜂起に至ってしまったが、今度はそうなる前になんとか止めたい」

シリウスが言っているのは、怠惰王の時代の話だろう。

何代か前の王様時代の出来事も、シリウスにとっては昨日のことと同じらしい。

私が妙に感心していると、副団長はシリウスに尋ねた。

「では、叔父上が介入なさるのですか？」

「いや、私はこの国の政治に直接介入できない。初代王とそう約束したのだ」

はあー、初代王とは。話に出てくる相手の格が違う。

「叔父上はどうするおつもりで？」

「カノープス、お前が調べろ。解決法もお前に任せる。それが人間界に残るための試験だ」

「な……私が人間界に残ろうと、関知しないとおっしゃったではありませんか」

「確かに言った。しかし、事情が変わった。今回の件はどうやら騎士団からはじまっているようだ。つまりお前にも責任がある」

んな無茶な。

すぐ人のせいにする上司みたいなこと、言わないでくださいよ、叔父様。

副団長はむっとした顔をする。まぁ、いつも似たような表情ではあるが。

「お前はまだ人間界に来て日が浅い。人間を知るためにも、いい機会だろう」

シリウスの言葉に、副団長はしばらく黙りこんでから、不承不承口を開いた。

「……叔父上のご命令とあらば」

こうして私達は、騎士団内での不満分子について調査することとなった。

もちろん、命令がなくても調査するつもりでいたが、副団長が強制的に調査に乗り出さなければならなくなったのは、私にとっては朗報だ。

気まぐれなエルフのことだから、いつ投げ出されるかと陰ながら心配していたのである。

それに何かと人間を突き放そうとするシリウスだが、彼が味方だと思うと心強い。

ほっとしたついでに、私は聞きたかったことを思い出した。

「あ、そういえばシリウス叔父様。最近ヴィサ君が帰ってこないのですが、何かご存じですか？」

「あれは、しばらく前に里に帰ると言っていた。用が済んだら、また戻ってくるだろう」

シリウスの言葉に、私はほっとした。

迷子になってるんじゃないか、攫われたんじゃないかと本当は心配していたのだ。

王城に結界を張っているシリウスが言うんだったら、間違いない。

「よかった……。それにしても、私に何も言わずに行くなんて」

「あいつも、ああ見えて忙しいのだ。わかってやれ」

そう言ってシリウスに頭を撫でられたので、私は機嫌を直した。

ヴィサ君はいたらいたでうるさいけれど、いなければいないで寂しいのだ。

シリウスの手のひらの温もりが、なんだか胸に染みた。

六歳児は人恋しくていけない。

「では叔父上、我々はこれで失礼いたします。報告は『伝達』の魔法で行いますので」

「ああ」

魔法はエルフと精霊にしか使えないので、他人に気取られることがなく安心だ。もちろん、私も受け取ることはできないけど、シリウスから何か伝達があれば、副団長が教えてくれるだろう。

そうして、私と副団長はシリウスの執務室をあとにした。


シリウスから衝撃的な話を聞かされた三日後、騎士団の臨時朝礼で主計官の死が発表された。

といっても、主計官は普通の騎士とはそれほど接点がなかったらしく、その知らせは特に騎士団を騒がせたりはしなかった。

主計官の仕事はこれまでのように、一時的に副団長が処理するらしい。新たな人事は団長が戻ってから、ということで棚上げになった。元から有名無実の役職なので、急いで後続を決めなくても特に混乱は起こらないようだ。

歯車をひとつ失っても、結局、組織はちっとも揺るがない。

それが少し、もの悲しくはあった。

表面上は何事もなく、何日かは穏やかに過ぎていった。

しかし、それが嵐の前の静けさのようにも感じられ。副団長の名義で手紙を書いたりしながら、私は落ち着かない日々を過ごした。

「この書類を運んでおくように」

副団長に命じられて主計室に書類を返却するのも、もうすっかり慣れっこだ。

束になるような書類には台車を使うが、台車には『軽量化』のペンタクルを勝手に刻んだので、労働がつらいということもない。ちなみに、『軽量化』は風属性だ。

私はその日も、書類を載せた台車を押して二階の端にある主計室に向かっていた。

主計室はいつ訪ねていっても、相変わらずダラ男達が賭け事に興じている。

彼らも私が来ることに慣れたのか、完全に無視してくれる。私はジガーに書類を預け、主計室を出るのが常だ。

しかし今日はおまけがついてきた。

「待ってくれ！」

主計室を出たあと私を追いかけてきたのは、ジガーだった。

その手には一枚の書類が握られている。

「何かわからないことでもありましたか？」

彼を見上げて尋ねる。しかし、ジガーはあたりを見回すばかりで、答えようとしない。

私が首を傾げていると、彼は心持ち屈んで囁いた。

「君に聞きたいことがあるんだ。ちょっといいかな？」

「……はぁ」

嫌な予感がしないでもないが、彼があまりに深刻そうな顔で言うので、断ることもできなかった。

副団長には迂闊だと叱られるかもしれない。

でも、実は生前の主計官を知る彼に、一度話を聞いてみたいとも思っていたのだ。

ジガーに連れてこられた先は、忘れ去られたようにボロい裏庭の東屋だった。確かに、内緒話にはよさそうだ。人気もないし、周りに高い木が茂っているため薄暗い。

小さなテーブルをはさんで、向かい合わせに座る。騎士団にあるベンチは大人用だから、六歳の私はどうしても足が浮いてしまった。

ジガーはおどおどして、なかなか話をはじめようとしない。

私が退屈し足をぶらつかせ、仕事に戻りたいと思いはじめた頃、ジガーはようやく口を開いた。

「君は……カノープス様の従者なんだって？」

え、今更？

私は少し驚いて、反射的にこくんとうなずいた。

ジガーは今まで、私をただの書類運びのガキだと思っていたのか。

「やっぱりそうなのか……すまない。何か失礼なことをしてはいなかっただろうか？

私は平民の出なので、どうしても貴族の家格や地位に疎くて……」

おどおどと弁解するジガーを見ながら、私がもし根っからの貴族で彼に怒りを抱いていたら、その言葉は火に油を注ぐようなものだけど……とぼんやり他人事のように思った。

「ご用件はそれだけですか」

私が席を立とうとすると、ジガーはあわてて立ち上がった。

「いや！　本題はそれじゃなくて……。カノープス様の従者である君に、どうしても聞きたいことがあるんだ」

「なんでしょうか？」

「それは……」

目を伏せたジガーは、再び口ごもってしまった。

どうやら日頃の印象の通り、煮えきらないタイプらしい。

そのうちに、くもり空から小雨が降ってくる。屋根の下だから濡れはしないが肌寒い。

私が「就業時間中に無駄な時間使わせるなやぁ！」と企業戦士魂を発揮させてイライラしていると、ジガーはようやく重い口を開いた。

あと三秒遅かったら、本気で帰っていたかもしれない。

「あの……カノープス様は、今の主計室をどうお考えなのだろうか？　君は何か知っているかい？」

「は？」

思わず礼儀を忘れ、つっけんどんな反応をしてしまった。

だって知っているも何もない。あの状態を忌まわしく思わない中間管理職なんて、いるのか？

「私にハッキリ何かを申されたわけではありませんが、カノープス様は現状を憂いてらっしゃるようにお見受けします」

大人の対応っぽくお伝えする。すると、ジガーは眉を下げた。

「そ、そうだよなぁ」

ジガーは木でできた古いテーブルに項垂れる。

「僕はここに来るまではちゃんとしたところだと思ってたんだけど、経理担当で特別採用されて来てみたら、主計室はあんな状態だったんだよ。亡くなった人の悪口言うわけじゃないけれど、主計官様はずっと見て見ぬふりで、出勤なさることすら稀だったし……」

グチグチグチグチ。

うわー、ウゼー。気持ちはわかるが、用件ってまさかそれだけ？

雨はやみそうにないし、私は仕事に戻りたい。弱音を吐きたいだけなら、他を当たってほしい。

そんな私の気持ちを察したのか、ジガーは気まずげに私をうかがう。

「……すまない。家族以外と言葉を交わすのは久しぶりなんだ。つい盛り上がってしまって」

う、そう言われると、うっかり同情してしまいそうだ。

確かに夢や希望を抱いて大手企業に入ってみたら、配属先が荒くれ男の巣窟なんてつらいよね。

でも私みたいな子供にそれを打ち明けはじめたら、それって末期ですよ。

「ちなみに、ジガーさんは主計室をどうしたいとお考えなのですか？」

「そりゃあ、もっときちんとしなきゃダメだ！　騎士団は国の税金で賄われている組織なんだから、経費削減できれば節税になるだろう？　無駄な費用を抑えることができたら、今年の冬に凍えて死ぬ子供が、ひとり減るかもしれない！」

ジガーは急に熱く語りだした。どうやら彼は、志あって騎士団に入団してきたらしい。

私は不覚にも、彼の言葉にジーンとしてしまった。

王城の人間は平民達の生活の実態を知らない。

実際に国を動かしている人達のはずなのに。

彼らは冬に、薪を一本も買うことができなかったり、毛布一枚も持っていない子供が城下街の道端で死にかけたりしていることを知らない。

一かけのパンも食べられず、ひもじさに耐えかねて盗みを働く子供がいることも。その子がパン屋の店主に打ち据えられて力尽き、見上げる空の虚しさも。

この世界で目の当たりにしてきた貧窮を思い出し、私は彼に強く共鳴した。

「私も、そうなればいいと思います。いいえ、そうしなければならないんです」

同意を得られると思っていなかったのか、ジガーは口を開けて呆けた。

「私も協力します。ジガーさん、主計室を真っ当な会計機関にしましょう。副団長には私から、あなたの意見を報告しておきます」

「えっと……ありがとう？　じゃあ、誰か新しく派遣してもらえないか、それとなく尋ねてもらえないかい？　現状、僕だけではとても……」

「ええ、私がおうかがいします！　明日から、よろしくお願いします！」

気づけば、私は明日から主計室に出向すると、勝手に決めてしまっていた。

最近、独断専行・事後承諾に慣れつつある。

元社会人としてはまったく嘆かわしいが、この世界では査定もないし、好きにさせてもらおう。

「え、君が!?　いや、気持ちは嬉しいけれど……」

「はい！　お願いします！」

私はハキハキ言う。

「いや、それはよろしくなんだけどね……」

「明日から忙しくなりますね！」

「だから、そういうことじゃなくて……」

そのあと、副団長の呆れ顔を想像しながら、私は熱っぽくジガーとこれからについて話し合った。

たのもーう！　とか、気分はそんな感じだ。

鉄は熱いうちに打てということで、ジガーと話し合った翌日。

私は副団長のサインの入った書類を持って、主計室を訪れていた。

「副団長からのご命令をお伝えします。指示があるまで各自寮の自室で待機するように、とのことです」

書類を読み上げると、ダラ男達はお約束通り私をねめつけて「あぁ？」とか「はぁ!?」とか騒ぎ出した。

テンプレすぎて、ちょっと引く。

こちとら五歳まで治安最悪の下民街育ちだっつの。ダラ男達の態度なんて、痛くもかゆくもない。

ちなみにジガーは、私の後ろでおろおろしていた。この人はこの人で、先が思いやられる。

「もう一度繰り返します。これは騎士団副団長であるカノープス・ブライク様のご命令です」

そう言うと、私は背筋を伸ばして彼らに副団長のサインの入った書類を見せた。

人相の悪い男達の視線が私と書類に集中する。

「おいガキンチョ。舐めてんじゃねぇぞコラ」

押し殺した声で脅されるが、すぐに手が出てこないあたりが貴族様だ。

そしてやめてくれ。お前なんか、舐めたら汚いじゃないか。

「なんで俺達が謹慎しなきゃなんねーんだよ」

「謹慎ではありません。待機です」

私が訂正すると、ひとりの男が声を荒らげた。体が大きくて筋肉もりもりの男だ。

「同じじゃねーか！」

勢い余ったガチムチマッチョに襟首を持ち上げられる。ちょっと足が浮く。

こ、これはさすがに苦しい。

やっぱり、『はい、そうですか』とはいかないか。

そうこうしている間に、テーブルの奥に座っていた男が立ち上がって近づいてきた。

そしてガチムチを手で制し、私を下ろさせる。

私は激しく咳きこみながら、その男を見上げた。

周りの反応からして、こいつがリーダー格らしい。

オレンジ色の派手な髪を撫でつけた糸目の、南国の蛇みたいな印象の男だ。

「ガキ。その副団長とやらに伝えてもらえるか？　俺達を従わせたきゃ、自分の家系図でも持ってこいってな」

下卑(げび)た笑い声が男の言葉に続く。

この世界で家系図があるのは、貴族の家柄だけだ。それが長く古いほど、家格が高く権力も強くなると言われている。

男は、貴族ではない叩き上げの副団長をあげつらったのだ。実際は、副団長は平民ではなくエルフなのだが、もちろん彼らはそうとは知らない。

私からしてみれば、こんな男達が高貴な血筋なんてことの方が、笑い話なのだが。

「ルイく……」

見かねて割って入ろうとするジガーを、私は手で制した。

「ゴホッ……皆さん、誤解です。これは謹慎ではありません。皆さんのための処置なのです……ッ」

襟首を掴(つか)まれているおかげで、演技なんてしなくても真剣な声を出せた。

だからと言って、感謝なんて絶対しないけどね。

「あぁー？　何言ってんだ？」

「意味わかんねェっての」

大きな手のひらがどしりと頭に置かれる。重い。重力に負けそうだ。

優しく撫でてくれるミハイルやゲイルとは全然違う。

それにしても、彼らはこんな下町の言葉遣い、どこで覚えてきたんだろうか？　私はそれを抜くのに、だいぶ苦労したというのに。

「これは極秘の情報なのですが……ゴホッ」

私はさらにゴホゴホとむせてしまった。

この咳は昨日、東屋から副団長の部屋に戻る時に、少しだけ雨に打たれたせいかもしれない。

「んだよ、早くしろよ！」

こらえ性のないガチムチ男が叫んだ。ゴクンと私は唾を呑む。

「……主計官様は病死ではありません。自宅にて無惨な遺体となって殺害されているのが、発見されました」

「なんだと⁉」

「ホントかそりゃ」

男達は一斉に驚愕の声を上げた。

ガチムチ男なんて、ドングリ眼をきょときょとさせている。私の襟首を掴んでいた彼の手の力は、もうほとんどない。

この反応だと、彼らは本当に主計官様が殺害されたと知らなかったっぽいな。

私は脳内の犯人候補リストから彼らを消した。

彼らが新鋭の劇団員だというならまだしも、演技にしては彼らの驚きはリアルすぎる。

何より彼らには演技をする必要なんてない。

本当に関わりがあれば、にやにや笑って私を追い返すか、私を帰さないかのどちらかだろう。

彼らの反応を吟味しつつ、私は言葉を続けた。

「副団長によると、今回の殺人は主計官様ご本人にではなく、主計室全体に対する恨みによる犯行の可能性があります。なので、皆様には厳重な警備のもと、安全が確認されるまで寮で待機していただきたいとのことです」

正しくは副団長の考えじゃなくて、この人達を主計室から追い出すために私が考えた、ただの言い訳だけどね。一応、その可能性は否定できないし、嘘は言っていない。昨日のうちに副団長の許可はとってあり、書類のサインも本物だ。

私が言いきると、男達はお互いの顔色をうかがうようにきょろきょろしはじめた。

集団で粋がるのは得意だが、最初に尻尾を巻いて逃げるとは言い出しにくいのだろう。

それぞれの顔に虚勢が浮かんでいるのは明白だ。

あと一押し、何を言えば崩れるかなと思っていたら、横やりが入った。

「そんな話は初耳だ。どうして正式に発表しない？」

それは、さっきのリーダー格の男だった。

黙って従え、ボケが。

もちろん心の声は胸のうちにしまい、私は不安を装って言う。

「正式な発表がなされないのは、起こるであろう混乱を憂慮されてのことです。何せ主計官様のご遺体は尋常な様子ではなく……」

私の深刻な顔に、男達の恐怖心が煽られているのがわかった。

「……カノープスは、その犯人が俺達を狙う可能性もあると？」

「確証はございません。私にもカノープス様のご意向はさっぱり。主計室全体が恨まれるような理由があるのでしたら、話は別ですが」

すっとぼけた顔でそうつぶやくと、何人かがギクッという顔をした。

……この人達って、嘘がつけないのかな。

新手のリアクション劇団として旗揚げしても面白いと思うよ。

リーダー格の男はさすがにちょっとマシで、私を見てにやりと笑った。

ギクリとしたが、私は外見年齢六歳だ。精一杯、無知で背伸びしているふりをするしかない。

「……なるほどな。無用な心配だが、休みをくれるってんならちょうどいい。精々がんばって犯人を探してもらおうじゃねーか」

そう言って、肩をばしばし叩かれた。

うう、もう勘弁してくれ。肩が外れる。

率先して部屋を出ていくリーダー格の男に従って、他の男達もがやがやと部屋を出ていった。

そして最後のひとりが出ていくと、私は後ろから突如ジガーに抱きつかれた。

「すごいよ、ルイくん！　あいつらがこんなに素直に言うことを聞くなんて!!」

テンションだだ上がりなところ申し訳ないが、痴漢で訴えるぞコンチクショウ！

あ、やばい。彼らの荒い口調がうつったな。しばらくは気をつけて喋ろう。

主計室を占拠していた不良騎士達を退去させたあと、私とジガーは書類の選別をはじめた。

会計処理のやり直しや予算配分の見直しも必要だけど、今はそれをしている場合じゃない。あとからじっくり時間をかけて、もっと大人数でやるしかないだろう。専門家も交えて。

今私達がすべきなのは、騎士団の予算が横領されている証拠を見つけ出すことだ。

たとえば、副団長の仕事を手伝った時に見つけたような露骨な粉飾決算。

あらかじめジガーにそれとなく尋ねてみたが、そんなものは知らないと首を振られてしまった。なんでも、下っ端のジガーには見ることのできない書類が多かったらしい。

私達の暫定目標は、それを見つけ出して不正に資金が流れ出している先を突き止めることだ。

以前、ちらっと見ただけでも、かなり大量の資金が横領されているようだった。

ただの欲をかいたオヤジの仕業なら罪はあっても害はない。しかし、時期的に見て反乱分子の資金源になっている可能性がある。

騎士団員であれば武具などの調達も安易だろう。

王家が自らの番犬に牙を向けられているのだとしたら……

そんな怖い考えを打ち消して、私は必死になって書類の文字を辿り、数字を見比べた。

虚偽はないか、経費は水増しされていないか、目を皿のようにして探す。

ジガーはさすが本職だけあって、どんどん不審な点のある書類を選別していく。

私達は主計室に泊まりこみで、何日もその作業に当たった。

途中、副団長が訪れて私に何かお小言を言ったような気もしたが、正直あまり覚えていない。

お食事は寮の食堂でお願いします、と言ってしまった。もともと従者のいなかった人なので自分でできるだろうが、私は従者失格だと思う。

でも、たとえそれで首になったとしても、私には王家に牙を剥く人間を探し出すことの方が重要だった。追い出されそうになったら、机にかじりついてやる。

王家に、王子に害を及ぼすものを、放っておくことはできない。

そして私がジガーと一緒になって書類に埋もれているうちに、外では三つの進展があった。

ひとつは、ミハイルとゲイルの調査が終わったこと。

どうしても来いと言われて副団長の執務室に行くと、疲れた顔のふたりが立っていた。

正直、副団長が彼らに調査を依頼したのがもう大昔のことのように感じられた。最初は何の用だかわからなかったぐらいだ。

実際には、半月ほど前だったわけだが。

ふたりは私を見て、揃って眉を寄せた。片方は色男で、もう片方は顔に傷のある男なので、すごい迫力だ。

私は疲労と寝不足でそれどころじゃないんだけど。

「……カノープス様。差し出がましいようですが、ルイはまだ子供です。しっかり休ませてくださいますよう、義父としてお願い申し上げます」

ゲイルが苦渋の顔で言う。

ああ、そんなことを言わせてごめんなさい。

冷静で度量の広いゲイルが、上司である副団長に直訴するなんて、よっぽどのことだろう。

せめて、お風呂に入ってから来ればよかった。私は隠れて、くんくんと自分の匂いを嗅いだ。

おおっと、そんな場合じゃない。

「ゲイル様、これは私が望んでしていることです。決して強制されたりしているわけではございません」

ゲイルを見上げて精一杯訴えると、彼の目が潤んだ。

え、泣くの？　まさか泣くの？

「……わかっている。私もルイの暴走には頭を悩ませているところだ。お前達からも、あとで言い聞かせてやってくれ。とりあえず、先に報告を」

そう言った副団長はゲイルの発言に怒った様子はないが、眉間にはちょっぴり皺が寄っていた。

本当に命令を聞かない部下で、ごめんなさい。

私は我が身を振り返って反省した。反省したからといって、主計室での仕事をやめるかと言われたら、それはできない相談ですけど。

「まず、副団長がおっしゃっていた団長の噂ですが、ここ数日間で騎士団内に爆発的に広まっております。出所はどうやら数ヵ所に分けられているようで、その大元を現在調査中です。しかし問題は、その噂によって親王家派の騎士達が混乱してしまっていることです。革新派に転向しようとする動きも少なからず見られ、このままでは騎士団が真っ二つに割れる可能性もあります」

ミハイルが深刻な顔で告げる。

私はその報告に血の気が引いた。

速い。いくらなんでも、展開が急すぎる。まだなんの準備もできていないのに。

絶対に狡猾な仕掛け人がいるはずだ。でなければ、こんなにスムーズに騎士団を分裂させることなんてできない。

そして今一番問題なのは、団長がいないこと。噂をはっきりと否定できる人間がいないのでは、手の打ちようがない。

ミハイルの報告では、現在騎士団は大まかに三つの派閥に分かれているという。

ひとつは、もともとの最大派閥である親王家派。これが半数ほどと、今も最も人数が多い派閥ではあるのだが、刻一刻と人員が減っているという。

ふたつ目は新しく登場した革新派で、これは騎士団の中でも下位の、若い人間が多く参加している。有能な指導者がいるみたいだが、その正体は未だ不明だという。ミハイルやゲイルもいろんな人からしつこく勧誘されて、辟易しているらしい。

そして最後は中道を行く団長派だ。こちらはあくまで団長の帰りを待って、その真意を確かめてから立場を決めようという意向のようだ。革新派より少ないが、中堅の将官クラスのほとんどはこれだと言ってよく、慎重になりゆきを見守っている。彼らが革新派に流れようとする若手騎士をよくまとめて、事態の悪化に歯止めをかけているそうだ。

国内最大の軍事力である騎士団がこんな状態では、今他国に攻め入られたら大変なことになるんじゃないだろうか。この国の騎士団はもう長い間戦争を経験しておらず、訓練を重ねているとはいえ実戦力は低く、危機感が薄い。

だから呑気に噂に振り回されて、内部分裂なんか起こしているのだ。

私は心底ばかばかしい気持ちになった。

「僭越ではありますが、カノープス様には早急に自らの立ち位置をハッキリ示していただく必要があります。中には、カノープス様が王家を憎んでおられる、というような噂もございますので」

「ばかばかしい」

ミハイルの言葉に、副団長は深いため息をつく。

「とはいえ、団長から留守を任されている身として、事態をこのまま放置しておくことはできない。近いうちに発表の場を持つ。ふたりともご苦労だった。訓練に戻ってくれ」

「かしこまりました」

ふたりは敬礼して部屋を出ていった。

残された私は、複雑な気持ちで副団長を見上げる。

「人というのは本当に愚かしいな。真偽も確かめずに足元をぐらつかせ、たやすく翻意し、諍いの種を生み出す」

副団長は吐き捨てるように言った。

私も同じ感想を抱いたが、人間としては身の置き場がない。

副団長はそのあとしばらく黙りこみ、そして口を開いた。

「ルイ、お前に告げておかねばならないことがふたつある」

「ふたつ……ですか？」

「ああ。まず、先日お前が主計室から追い出した騎士のひとりが殺された」

「え」

先日見た、いやらしい笑い方の男達を思い出す。

「寮の自室で、主計官殿と同じ方法で殺されていた。図らずも、お前のでまかせの予想が当たったな」

当たっても、ちっとも嬉しくなかった。

それに、あれは予想ではない。副団長に、主計室から彼らを追い出す書類にサインをもらう時に『これこれこうやって彼らを説得するつもりだ』と説明した。でもすべて、ダラ男達を退去させるために考えた、その場しのぎの言い訳だ。決してそうなると思っていたわけでも、ましてや望んでいたわけでもない。

――あぁ、主計官様と同じ殺され方なんて、どんなに痛かっただろうか。

胸が激しく痛む。

「混乱を避けるために伏せてはいるが、遠くないうちに話が漏れてもおかしくない。病に臥していた主計官はともかく、彼は健康だったからな。ただでさえ団員が分裂して疑心暗鬼になっている時期だ。お前も、今後はより一層身の回りに気をつけなさい」

「はい……」

私の心配なんて、している場合じゃないだろう。

この連続殺人と騎士団内での分裂が関連しているかどうかは、まだわからない。しかし、あまりにもタイミングがよすぎる。

これでは、騎士団内で余計な諍いが起きかねない。

一刻も早く、裏で暗躍している人間を見つけなくては。

私は手をぎゅっと握った。

しかし間を置かず、次の知らせがメガトン級の衝撃で襲いかかってきた。

「もうひとつは……団長閣下が現在行方不明だ」

「え？」

一瞬、副団長が何を言ったのか理解できなかった。

「伝令を飛ばしたが、返事がなかった。そこで気になって精霊に見に行かせたところ、団長が赴いていた国境付近で大規模な山崩れがあったらしい。まだ情報が錯綜していて、詳しいことはわからないのだが」

苦虫を噛みつぶすように、副団長が言った。

彼がこんなにはっきりと表情を変えるのは、本当に珍しい。

「このことはまだ、私とお前と叔父上しか知らない。もし発表すれば、大変なことになる」

私の脳は一瞬、副団長の言葉を処理することを拒否する。頭の中が真っ白になった。

――だって、もし今団長が死んでしまったら。

団長派を押し止めている箍がなくなり、彼らが革新派に流れてしまう。そうすれば親王家派は瓦解しかねない。

それに、団長が革新派に翻意していたという噂は、永久に訂正することができなくなる。そうすると、最悪団長は王家に殺害されたのではないかと疑う者も出てくるだろう。

革新派は、それに乗じて一気にクーデターを――

「落ち着け」

副団長の声で、私は我に返った。脳内で繰り広げられていた、最悪の事態へのシナリオが止まる。

知らず、手が震えていた。

恐怖で、体の芯からカタカタと震えてしまう。

私は両手を合わせてぎゅっと握りしめた。

怖い。怖い。本当に内乱になるかもしれないなんて。

前世で、テレビ画面を通して見ていた、遠くの国の内乱の様子が頭に浮かぶ。

人間同士で憎しみ合い、殺し合う。

そんなのいやだ、いやだ！

この国には、そんな風になってほしくない。

内乱が怖いのなら他の国に逃げ出せばいい、とは思えない。今の私は、この国に大切な人を作りすぎていた。自分の大切な人達が傷つくのが、怖い。彼らが苦しむのは嫌だ。

その場に崩れ落ちそうになるのを、必死で堪えた。

所詮私は、今まで誰かに守られてきただけの子供なのだと思い知らされる。内乱の危機を前に、打つ手もない。

「怯えるな、大丈夫だ……」

困った様子の副団長が、私を見下ろしていた。

そのうろたえた声を聞いただけで、私はもうダメだった。

目の前にある副団長の足に縋りつき、顔を埋める。

副団長の狼狽が伝わってくるが、今だけは勘弁してほしい。

もう少ししたら、がんばって前を向くから。自分にできることを、精一杯やるから。

それまでは、このままでいさせてほしい。

＊
✣
＊

「なぜ私が、こんなことをせねばならない」

執務室の安楽椅子に深く座り目を閉じているシリウスは、まるで悪夢でも見ているかのように眉間に皺を寄せた。

彼の意識は、遠くぼんやりとした闇の粒子の中をさまよっている。

闇の精霊が生まれては消えていくその海は、本来天界の生き物であるシリウスを不快な気持ちにさせた。

事の発端は一月ほど前のある日。シリウスが王城に張り巡らせている結界の中で、ヴィサークの反応が突如消えたことに由来する。

もしや、リルに何か危機が降りかかったかと思い、あわてて彼女の反応を探したが、彼女自身にはなんの異変もなくほっとした。

その日以来、シリウスは仕事の合間にヴィサークを探し続けている。リルが心配しないように、彼女には嘘をついて。

仕事、仕事、捜索、仕事の日々でシリウスの鬱屈は溜まっていた。

王の密命に同意はしたが、自分にこれほどの負担がかかるとは思っていなかった。

まさか、こっそりリルの様子を覗き見する時間まで奪われるとは！

加えて、どうも王城の中に闇の属性を持つ者がいるらしく、日に日に闇の気配が濃くなっている。それに影響されているのか、王城に出入りする貴族達も無意識に感情を波立たせ、悪意に心を奪われやすくなっているようだ。

密命で進めている計画には好都合かと思い放置してあるが、闇の者にいつまでも好き勝手させておくわけにもいかない。人の世とは面倒なものよと思いつつ、シリウスは今日も仕事とヴィサークの捜索に明け暮れていた。このエルフの美点は、たとえ不本意でも、任された仕事を投げ出さないところだろう。

『ヴィサーク、いるのだろう』

寄せては返す闇の中で、シリウスは念じた。そのあたりで、風の属性の気配を感じるのだ。

遠くでオオカミのような獣の鳴く声が聞こえる。

それは遠吠えか、あるいは呻きや嘆きなのか。

『精霊の王の一角を担う者が情けない』

バカにしたように吐き捨てると、遠くでかすかな反応があった。

小さな風が吹いている。

風が流れてくる方へ、シリウスは意識を一瞬にして飛ばした。

『ヴィサーク、そこか？』

『……ガルルル』

荒い息と唸り声が聞こえる。

『すでに言葉すら失ったか。そこまで堕ちたとは』

シリウスのつぶやきに、グルルルと鳴く声と激しい怒気が闇を揺るがす。

『ガ……ガ……チカラを、よこせ。オレの……ヂガラ……』

『理性のない者に力を返して、どうする。闇に染まって精霊使いの手先になるつもりか』

『オレの……チガラだ……オレの……』

シリウスは、闇に締め上げられた力の塊に、哀れみの視線を向けた。

その塊は、あまりにこの空間に長くいすぎたせいで、己の姿形すら忘れてしまったらしい。闇の中に見知った姿を見つけることはできなかった。

ただ猛った意思だけが、強く渦巻いている。

『哀れな。ならば一思いに始末してやろう。かつて友であった者への弔いとして』

『ガ！　……オれ……の！　チカラ……！』

高く掲げたシリウスの右手に、光が生まれた。

光に照らされ　シリウスの意識は闇の中で明確な輪郭を持つ。

光は膨れ上がり、それを嫌った闇の粒子がどんどんあたりから逃げていった。

より強く、大きく。

強い光に焼かれるように、凝っていた闇は解けて消えてしまった。

＊✣＊

ひとりぼっちのエルフの話をしよう。

エルフの里に馴染むことができず人間界に降りた、変わり者のエルフの話を。

これは人も知らないことだが、天界に暮らすエルフという生き物は、基本的に孤独を好む習性を持っている。

彼らははじめ獣に近い姿で生まれ落ち、成長するにしたがって人型に近づき、知性を高めていく。

そして彼らは群れず、親ですら生まれたての子供を突き放して生きる。天敵のいない天界では、それでも子供のエルフは生き抜くことができるからだ。

彼らは親子の愛情や仲間との友愛などは知らず、ただ淡々と成体になる。

一個体でも強大な力を持つ彼らだ。それは、決して諍いを起こさないようにするために、遺伝子に刻まれた絶対のルールかもしれなかった。

彼が生まれたのは、そんな天界だった。

きらきらと光る星の生る木が茂る森でのこと。

彼の親はその他のエルフと同じように、彼を産むとその場に残して去ってしまった。

取り残された彼は大気に満ちる魔法を吸収し、長い年月をかけて成体になる。

エルフとしては普通の生き方だ。

しかし彼には生まれた時から、前世の記憶があった。それは他の世界での記憶。人間を想い、愛し、愛しすぎて死んでしまった犬としての一生だ。

彼は寂しかった。

生まれたばかりでもひとりきりだという、エルフならば当たり前の環境も、彼には耐えがたい苦痛だったのだ。

そして彼には、他のエルフとは違う点が、もうひとつあった。

それは『貪欲』だということ。

エルフには、基本的にあまり欲求がない。生まれながらにして、危険もなくすべての物をつつがなく与えられているからかもしれない。

しかし、彼には欲があった。

主人に会いたい。人間に会いたい。ひとりではいたくないという、差し迫った欲が。

その欲が大気中の魔法をより多く引き寄せ、彼はエルフの中でも最も力の強い個体へと成長した。他のエルフ達にとって、予想外のことだった。

やがて彼は、エルフの中でも最も強い個体に継承される『シリウス』という名前を得るまでになる。

彼が人間界に降りることにしたのには、とあるきっかけがあった。

人間が恋しかったから？

いいや、それだけならば彼は天界を出ることまではしなかっただろう。天界で生きるのはエルフの本能だ。

彼を地上へ駆り立てたのは、ある時取り戻した、犬としてのものではない『記憶』だった。

地球で暮らした犬の一生の他に、彼にはもうひとつの記憶があった。

ひとつ？　いいや違う。ひとつだけではなく、無数の。無限に繰り返された記憶が。

不思議なことに、その中でも彼はエルフの『シリウス』だった。

幼いころは明確だったその記憶も、彼が育つにつれて薄れていった。しかし時折、何かがよぎるように思い出すのだ。

エルフは夢を見ないし、幻覚などの症状に陥ることもない。現実に見たものしか、記憶には残らない。しかし彼には、『シリウス』としての記憶が確かにあった。それらがいつのものであるかは、とんとわからないのだけど。

それは彼が人間界に降りて、とある人間の少女に恋をする記憶だった。

少女の名前は思い出せない。

ただ、愛らしい少女だったことはわかる。容姿を思い出せるわけではない。ただ、自分が彼女を愛らしいと、そして恋しいと想った記憶だけが、無秩序によみがえるのだ。

シリウスは混乱した。

エルフとして生まれてからはずっと、主人を恋しいと想う気持ちが、自分にとって一番重要な気持ちだった。だから、エルフとしての記憶は気のせいだと、忘れようともした。

シリウスにとって、その記憶は恐怖だ。

なぜなら記憶の中で、彼は少女のためにある人物を殺してしまうからだ。

記憶の中のシリウスは、エルフとしてありえないほど冷静さを欠き、恋に溺れた。やがて、少女と対立していた人物を、疎ましく思うようになる。

シリウスにとって、その人物は浅からぬ縁のある者だった。

気まぐれに情けをかけて優しくした、魔力を持つものの卑しい血筋の子供。

貴族に引き取られて学園に現れた彼女は、やがてシリウスの愛する少女に危害を加え、暴言を吐き、看過できない言動をするようになる。

それを知ったシリウスは怒りに燃え、衝動でその人物を殺してしまうのだ。

ただ、愛する少女を守りたい一心で。

シリウスとは正反対の漆黒の髪と、不気味な灰色の瞳を持つ人物の名は『リシェール・メリス』。

――しかし、彼女が死にゆくその瞬間に、シリウスは彼女が恋い焦がれたかつての主人だと気づいたのだ。

そんな耐えがたい悲劇の記憶。シリウスとしての記憶は、無数に繰り返されていた。

記憶から逃れるように、そしてもしそれが再び起こるならば塗り替えるために、シリウスは地上に降りた。

長い年月が過ぎ、いくつもの国を通り過ぎたあと。

やっと、あれはただの思い違いだったのかもしれないと思うようになった頃、シリウスは縁あってひとつの国に腰を落ち着けることにした。

それから長い間、短い生を生きる人間達と関わり、彼がエルフの生き方に戻るのもいいかもしれないと思いはじめた時。

その国に、国同士の協定で大きな魔導学園ができることが決まった。

どこの国の人間でも受け入れる、人類全体のための巨大な学園。

その知らせを聞いた時、久しぶりにあの残酷な記憶がよみがえってきた。

忘れたはずの、逃れられたはずの記憶は、再びシリウスに取りついて離れなくなる。

そしてシリウスは、学園を見守るためその国に留まり続けることを決めた。

長く留まるために力を制限し、あるいは面倒な人間の決めごとにも従わねばならなかったが、すべては、シリウスはそれを甘受した。

すべては、いつか主人と出会うため。あの記憶が実際に起こらないことを、確かめるために。

そして再び長い年月を経て、シリウスはようやくその少女と巡り合う。

心は歓喜に震えた。しかし同時に、空恐ろしくもあった。

それは彼女が、卑しい血筋の生まれで、やはり記憶のまま貴族に引き取られることになったから。

記憶の細部は、もう遥か遠い霞の中だ。

今の状況からどうやって彼女を殺さなければいけない場面に至るのか、シリウスにはわからなかった。

だから、彼女を殺すかもしれない自分が安易に彼女に近づくことは、ためらわれた。

どうしようもなく慕わしいのに、そばにいたいのに、それができない。欲望と葛藤がシリウスを揺さぶった。

殺すとなれば、そばにはいられない。

でも彼女が本当に主人であるならば、もう二度と離れずに一生を共にしたいと思った。あるいは彼女が死ぬ時に、自分の悠久たる時を終わらせたいとすら願う。

誰も、彼の苦悩を理解することなどできない。愛する者を自らの手で殺すかもしれない恐怖など。

シリウスは確かに彼女を見守りながら、しかし、一定の距離を保つように努めた。

そばにいたいと願いながら離れ、何度も自分を自制しなければならなかった。

そうしていくうちに、あるいは、彼は歪んでしまったのか。

エルフが何を考え何を望むかなんて、所詮人にはうかがい知ることなどできはしない。

そして彼は、王に持ちかけられた計画に同意したのだった。

＊
❖
＊

今日はもう休むようにとルイに言いつけ寮に戻らせると、カノープスは執務室の椅子に深く座りこんで目を閉じた。

意識を集中させなければ、少女が先ほど見せたか弱い様子が脳裏によみがえってしまう。

いくら仕事ができて理性的であるとはいえ、彼女はエルフでいえばまだ自我すら芽生えていない年だろう。カノープスは改めて、その事実を思い出していた。

『騎士団はどうなっている？』

そんなカノープスの脳に直接声が響く。叔父の声だ。

『内々に調査したところによれば、親王家派が五割、団長派が二割、革新派が三割といったところでしょうか』

それは『伝達』の魔法だった。

魔法を使えるのはエルフか精霊のみで、エルフ同士のそれを傍受したり妨害したりできる者は、人間界には存在しない。

『ほう、思っていたよりも少々革新派が多いな。まあ、想定の範囲内だが』

叔父はなぜか感心したように言う。カノープスは報告を続けた。

『私は近日集会を開いて自らの意向を表明し、騎士団の分裂に歯止めをかけたいと思います』

『後手に回っているな。このままでは試験に合格できないぞ』

揶揄するような叔父の物言いに、カノープスはわずかに苛立ちを感じた。

『わかっております。しかし叔父上は、騎士団のことは私にお任せくださるとおっしゃったはずです』

『ほう。人間界のことなどどうでもいいと思っている割には、いっぱしの口を利く』

『何が言いたいのです』

『いいや、喜ばしいと思っているのさ。お前は王家も騎士団もどちらも見捨てるんじゃないかと思っていたからな』

『いくらなんでもそれは……』

今日の叔父上はおかしい。

不意にカノープスはそう感じた。いつもは必要最低限のやり取りで済むように話すのに、今は獲物をなぶる蛇のように絡んでくる。

カノープスが戸惑っていると、シリウスは突然言った。

『集会では自分は革新派であると告げろ。そして同時にリチャードの行方不明も発表するのだ。その上で自分が暫定的に騎士団の総司令官になると』

『そんなことをすれば騎士団は！　いいえ、この国までもッ』

カノープスは驚いて立ち上がっていた。

建国からメイユーズ国を見守ってきた叔父だ。まさか国を危険にさらすようなことを言うとは、思ってもいなかったのだ。

『いいのだ、カノープス。私の言う通りにすれば、この国のためになる。黙って従え。決して悪いようにはしない』

叔父が言うと同時に、カノープスの脳裏には強制的にあるヴィジョンが浮かんできた。

それは城内の立体図で、軍を布陣させる位置までもが指示されている。

『これは……』

唸るように、カノープスは言った。ヴィジョンから読み取れる内容は、今まで叔父から聞いていた話と矛盾している。

『あなたは私に嘘をついていたのですか？』

『気づかなかったのはお前の迂闊さだ。私を非難する前に己の未熟さを恥じろ』

相手には伝わらないように、カノープスは深い深いため息をついた。

『ようやくわかりました。あなた方の目的が。まったく、くだらないことに私を巻きこんでくれたものです』

『そう言うな。これはお前の意志を試す意味合いもあったのだ』

『……私に反対の意志はありません。あなたの希望を阻むことに意味もない。しかし、ルイは一体どう思うか』

その言葉はカノープスなりの意趣返しだった。冷徹な叔父が唯一心に留めている少女の名前を出す、という幼稚なやり方が、少々情けなくもあったが。

『あの子には……』

かすかな声が届く。『伝達』による、実際には空気を振動させない声だ。しかし、先ほどまでの無機質な様子とは違い、その声には狂おしいほどの愛情と果てしない愛惜がこめられていた。

カノープスが黙りこんでいると、ちょうどそのタイミングを見計らったかのようにノックの音がした。カノープスはシリウスとの『伝達』の回線を切る。

何にも執着しないエルフの中でも最強の存在が、最も弱いヒトという種属に心を奪われているとは、皮肉かもしれない。

そんなことを考えながら、カノープスは入室の許可を相手に知らせた。

「失礼します」

入ってきたのは、団長の第二従者であるクェーサー・アドラスティア。

団長が自分の不在を任せただけあって、任官から間もない割に有能な男だ。

しかし彼がそばにいると、カノープスはどうしても拭いきれない違和感を抱く。

見えるはずのものが、見えていないような気持ちの悪さ。居心地の悪さと言ってもいい。

「カノープス様宛の書状をお持ちいたしました。王弟殿下からでございます」

厄介なものが届いた、とカノープスは舌打ちした。

クェーサーはまったく意に介さず、無表情でその書状を差し出す。

こんなに厄介なことばかり起こるとは、思っていなかった。人間界に降りてきたのは間違いだったのかもしれない、とカノープスはため息まじりにその書状を受け取った。

4周目　作られた内乱

夜、主計室での仕事に一区切りつけた私は、寮に向かって真っ暗な道を急いでいた。

ジイジイと虫が鳴いている。

気づけば季節はすっかり秋なのに、時折ひどく蒸す日がある。

額から頬に落ちかけた汗を拭いつつ、私は歩みを進めた。

あれから、騎士団は大変なことになった。

団長の失踪は公になっていないから、そちらの反応はない。しかし、大変だったのは主計室所属の騎士の殺害事件に対する騒ぎだ。その猟奇的な手口もさることながら、騎士団の寮で堂々と犯行が行われたことで、騎士団、ひいては王城中が蜂の巣をつついたような騒ぎになった。

警備が杜撰だったのではないか。はたまた内部犯の犯行か。もしそうであれば、未だ犯人は王城内にひそんでいる可能性がある。王城内は猟奇殺人犯の存在に騒然となった。

また、どこから漏れたのか、主計官が殺害された事実も流布され、混乱に拍車をかけている。

人々はびくびくしながら行動するようになり、王城は陰鬱な雰囲気に包まれた。

ここ数日、副団長は何度も王城へ呼び出され、口うるさい貴族達からあれこれ言われてうんざりしている。その上、王城の召使達は怖がって滅多に騎士団のいる区画には近づいてこない。

おかげで寮へ続く道は虫の声しかせず、妙な静けさがあった。

たまに吹く涼しい風を感じながら、私は疲れた目頭を押さえる。

あれから、どうせ私は犯人探しの役には立てないと自分に見切りをつけた。そしてより一層主計室にこもっている。

その結果わかったことは、やはり何者かが騎士団の予算からかなり横領していたという事実だ。横領の証拠を見つけるため、ジガーの知識と記憶を頼りに、私達は過去の書類をあさりまくった。

そして、横領は比較的最近になってはじまったものだということと、お金の流出先を突き止めた。ちょうどその横領と同時期に決まった取引先で、大きな船といくつもの支店を諸外国に持つ巨大な商会がある。そこに、毎月商品代として多額の金が支払われていた。

輸入の食材や衣類などの些細な消耗品から、武具や貴金属のような高額な商品まで。一見普通の取引に見せかけてはいるが、何しろ額が大きすぎた。商会の子会社等への支払いも含めると、その額は実に騎士団の年間予算の六分の一ほどに相当する。

今までは見ることの許されなかった書類に目を通すジガーの顔は、青ざめていた。おそらく、私の顔色も同じだったことだろう。

私は騎士達の資金管理の杜撰さに頭を抱えた。

そして資金の流出先が世界各国に支店を持つ商会ならば、資金が辿り着く先は国外である確率が高い。

メイユーズ国は国外の何者かに狙われ、すでにその糸に絡めとられつつあると考えられた。

騎士団内部で分裂している場合ではない。これでは、その何者かの思う壺じゃないか！

私は今、調査結果を知らせるため、寮にいる副団長のもとに向かっていた。

一緒にこの事実を突き止めたジガーは、一足先に問題の商会へ向かっている。

彼を単身で乗りこませるわけにはいかず、私はミハイルとゲイルにジガーの護衛を頼んだ。ジガーに彼ら宛の紹介状を書いて渡して、昼過ぎには主計室を出発したから、そろそろ商会に到着した頃だろう。

紹介状には、この事実から推測される私の所見も書いた。騎士団内で箝口令(かんこうれい)が敷かれている、闇の精霊使いとの関連性も含めて、すべてだ。

手紙を読めば、ミハイルならいろいろなことを察してくれるだろう。

夜にひとりで出歩くなと言われていたが、寮(りょう)までの距離は短い。何より副団長に早くこの事実を知らせなければ、と私は焦っていた。商会の存在を突き止めてからやまない嫌な予感が、すべて私の思い過ごしであってくれたらいいのだけど。

早く、早く。

気は急(せ)くのに、何日もデスクワーク漬けだった体は思うように動いてくれない。

ようやく闇の中に寮(りょう)の明かりが見えて、私はほっと息をついた。

しかしその時、傍(かたわ)らの植えこみがガサリと不吉な音を立てる。

一気に血の気が引いた。気のせいであることを祈り、走り出す。そして決して振り返らない。

タッタッタ、タッタッタ。

すると、後ろから足音が追いかけてきた。

大人の足音だ。

私は恐れおののくが、叫ぼうにも声が出ない。今できるのは、歯を食いしばって走り続けることだけだ。必死で走り、ようやく寮の目の前まで来た時——とうとう足音が私の背後に迫り、肩を掴まれた。

思わず絶叫しそうになったが、次に伸びてきた手が私の口を押さえたので叶わない。暴れようにも　恐ろしさで手足が固まって動けなかった。

やっぱり、ジカーについてきてもらえばよかった。強がらなければよかった。

頭の中に今までの回想が巡る。

短い人生だった。もっといろいろなことがしたかった。最後に王子に会いたかった……

泣きそうな私に、追いかけてきた犯人が背後から耳元でつぶやいた。

「……叫ばないでね？」

ありゃ、知ってる声だ。

私の涙は速攻で引っこむ。

私の口を覆っていた手がそっと外された。振り返ると、そこにいたのはいつもの困り笑顔のクェーサーだった。

「君がひとりで寮に向かう姿を見かけて、あわてて追いかけてきたんだよ」

「え、どうしてですか？」

「どうしても何も、危ないだろう？　このところ物騒なんだから」

「そうでしたか……すみません」

呆れた様子のクェーサーに、私はペコペコと頭を下げた。

心配して追いかけてきてくれたらしいのだが、勘違いした私が急に走り出した上に、寮のすぐ近くで叫ぼうとしたので焦ったそうだ。

夜に悲鳴なんか上げて寮の騎士達を驚かせた日には、どれだけ迷惑をかけるだろうか。そしてどれほど嫌みを言われるか。考えただけでうんざりした。

「怖い事件も起きているんだから、ちゃんと気をつけないと」

寮に入りながら、クェーサーは説教を続ける。

クェーサーは団長室の隣に部屋があるというので、一緒に幹部用の上層階へ向かう。階段を上る時も私のスピードに合わせてくれるから、説教を聞く時間はたっぷりあった。

「っと、そういえば君は、こんな時間まで主計室で何をやっていたの?」

説教の合間、クェーサーに質問されて私は言葉に詰まった。

今までの事情など、クェーサーは何も知らない。そして、これからも知られるわけにはいかない。

「……ジガーさんのお手伝いをするように、副団長に命じられまして」

伝家の宝刀、副団長の命令。

クェーサーは驚いたようだが、私の言葉を疑っている様子はない。

「夜まで？　大変だね」

嘘をつくことに、少し心が痛む。私は話を逸らそうと、彼に話題を振った。

「クェーサーさんこそ、本部で何を？」

「ああ、団長に報告する書類をまとめていたんだよ。第一従者は閣下が遠征にお連れになってしまわれたから」

「クェーサーさんは第二従者なんですもんね？　もう長いんですか？」

「いや、結構最近かな。入団したのは去年の半ば頃……一年と四月ほど前になる」

「え、そんなに仕事ができるのにですか？」

彼に仕事を教わった時、私はその手際のよさに驚いたのだ。随分慣れているようだったから、従者になって長いのだと思っていた。

「ばか。お世辞を言っても何も出ないぞ」

クェーサーがお得意の苦笑いをこぼす。

「ジガーさんみたいな、特別な採用だったんですか？」

「いや、僕の場合は紹介だね。僕を紹介してくれたのは……実は主計官様なんだよ」

暗い顔でクェーサーは言った。

予想していなかった名前が出てきて、私は言葉を失ってしまう。

そんな私の様子に、クェーサーは再び困ったような顔で笑った。

「主計官様は優しいお方だったよ。争い事を嫌い、穏やかで風流を愛してた」

今まで知らなかった主計官の人となりを聞かされ、私は複雑な気分になる。

私は主計官を、杜撰なお金の管理をしたということで少なからず憎らしく思っていたし、知らない人だから殺されたと聞いても気に病まずにいられた。

だから今更、そんな話を聞きたくなかった。しかも、クェーサーの口からつらそうな顔でなんて。

「なのになぜ……あんなことになってしまったのか」

彼のため息が、夜に紛れる。

「犯人はきっと、すぐに見つかりますよ。なんせ騎士団が調査しているんですから！」

クェーサーを元気づけるために私は明るく言った。

王城内での事件は本来近衛の管轄だが、騎士団が彼らの介入を拒んだために、捜査は騎士団内部で行われている。

そして私達は階段を上りきり、副団長の部屋の前で別れた。

「じゃあ、もう無茶はしちゃだめだよ。おやすみ」

「はい、おやすみなさい」

彼の穏やかな目を見ながら、私はうなずいて手を振った。

彼の背中が団長の部屋の手前にある小さな扉に入っていくまで見送る。

静まり返る廊下で、私は握(にぎ)りしめていた片手を解(ほど)いた。

クェーサーには気づかれなかっただろうか？

私がずっと怯(おび)え、震えていたことに。

——私がクェーサーを包む、膨大(ぼうだい)な闇の粒子に気がついたことに。

どうして今まで気づかなかったのだろう。私には、闇の粒子も見えるはずなのに。

今まで、クェーサーの周りに魔法粒子が見えたことはなかった。だから彼は魔導の適性のない、魔力を持たない人なのだろうと、私は勝手に解釈していた。今考えれば、彼の周りは何も見えなさすぎた。

私は逃げるように、副団長室のドアを開く。

もしかしてとは、ちらりと思った。でも、関係ないはずだと自分に言い聞かせていた——

『アドラスティア商会』。

主計室の書類から浮かび上がった、世界を股にかける商会の名前。それは、クェーサーの姓でもあった。

混乱で頭がうまく回らない。

次の瞬間、確かに副団長の部屋に飛びこんだはずだったが、そこに副団長はいなかった。

「よく来たね、ルイくん」

代わりにそこにいたのは、笑顔の青年。先ほど別れ、確かに彼の背中を見送ったのに、どうしてここにいるのだろう。

彼はいつもとは違い、純粋な笑みを浮かべている。見慣れた人の見慣れない表情に、私の背筋を悪寒が通り抜けていった。

「クェーサーさん……」

私は思わずあとずさる。しかし、さっき入ってきたはずの扉に触れることができず、驚いて後ろを振り返った。

そこには、ただどこまでも続く黒い闇が、まるで新月の夜のように満ちていた。

「ダメだよ。もう帰れない」

クェーサーは楽しそうに言う。

「……どうして、あんなことをしたんですか。クェーサーさん」

思いきって私は尋ねた。『あんなこと』と言っても、彼がしたことに確証があるわけではない。半分以上は鎌をかけるためと時間稼ぎだ。

クェーサーの周りに闇の粒子が見えても、私はやはり半信半疑のままだった。虫も殺せそうにないクェーサーが、仕事で疲れて困ったような笑顔ばかり見せる彼が、まさか殺人を犯すなんて信じられなかった。

「主計官様のこと？　どうしてって言われてもなぁ」

いつものように眉を下げて、彼は言った。

「僕は闇の精霊使いだからね。闇の精霊を養うにはね、人の悲鳴や恐怖が絶好の餌になるんだ。だから、皮膚や爪を剥いだり恐怖を味わわせたりして、じっくりと死にいたらしめる。恐怖の大きさに比例して、闇の精霊の力は何倍にもなるんだよ」

まるで仕事について説明するように淡々と、クェーサーは言った。

そのおぞましい内容に、吐き気がする。

「優しい人だったって、穏やかで風流を愛する人だったって言ったじゃないですかッ」

「そうだね。でも彼は強欲だった。風流のためにたくさんのお金を必要としていた。本当にばかでお人よしで欲深くて――吐き気がしたよ。団長の従者に推薦してもらうっていう目的がなかったら、すぐにでも殺してやりたいくらい」

言いながら、ウェーサーは邪気のない笑みを浮かべた。

ああなんで、この人はこんなに綺麗に笑えるんだろう。ひどく残酷なことを言っているのに。

身の毛がよだつような肌寒さを感じた。

ここにはいたくない。早く、逃げなければ。

「君のことはね、国境で見かけてからずっと気にしていたんだ。君、夜の森で盗賊から隠れるのに、闇の魔法粒子を使っていただろう？　僕は感動したんだ。この国に、僕以外にも闇の粒子を従わせることができる人間がいるんだって」

そんな頃から見られていたのか、と私は思わず体を震わせた。とっさに自分の手首を握りしめる。

しかしそれでも抑えきれなくて、カタカタと震えた。

怖い、怖い――こんな人と今まで一緒に仕事をしていただなんて！

「カシルのことも、あなたがやったんですか？」

闇の精霊に憑依されて苦しむカシルを思い出しながら、憎らしさをこめて問う。

「あのぼんくらのイノシシの名前かな？　うん、ごめん。つまらない人間になんて興味がないから、忘れてしまったよ」

「どうしてこんなことをするんですか？　なんでそんなことが言えるんですか？　どうして平気で人を傷つけたりできるんですか！」

その様を思い出すだけで、私はこれほどまでに恐ろしいというのに。

「どうして、だって？　おかしいな。君って下民街の生まれなんだろう。むしろ僕の方が不思議だよ。なぜ君はそんなに真っ当であろうとするんだい？　そんなに力があるのに、人を支配しないのはどうして？　貴族のばかどもにいいように蔑まれて、平気なんだ」

「ッ！」

クェーサーの指摘に、私は身を竦ませた。

確かに、私のゲーム設定でのポジションは悪役だ。それはつまり、悪役になりかねないバックボーンを持った人間と言える。

彼の問いかけに、共感できる自分だっている。

下民街で私達親子を虐げた男達。自分をいない存在のように扱った義母や異母兄達。騎士団の中でも、つまらないいたずらをして何かにつけて嫌みを言う小姓達。

全部、全部、憎たらしい。

でも、それだけじゃない。

どす黒い感情を振りきるように、私は懸命に声を張り上げた。

「あなたには、さっとわかりません」

「うん？」

「あなたがどんな生まれかなんて、知らない。どれほど誰かを憎んでいるかなんて、私には関係ない。私は、自分を愛してくれる人のために生きてるんです。だから、くだらない蔑みなんか気にならない！」

私には、ちゃんと愛してくれる人達がいた。

本当の母親も、シリウスも、ヴィサークもミハイルもゲイルもミーシャも、そして王子も。森に捨てられた私を助けてくれた、リズやエル、アルも。

彼らがいたから、私は真っ当に生きてこられた。くじけそうになっても、がんばって人のためになる仕事に就きたいと思った。

民を思う王子を支えていくことが、私の目標だ。

そして、貴族が一方的に搾取するだけじゃない、平民でも一生懸命働けば報われる国にするのが、今の私の夢。

はじめは王子の役に立ちたいだけだった単純な願いが、人に出会うたびに形を変えて、確固たる人生の指針になりつつある。

もちろん、簡単なことじゃないのはわかっている。

でも前世の知識を使えば、そして子供である今から努力していれば、その夢の一端ぐらいは掴めるかもしれないじゃないか。

自分を愛してくれた人に、お返しをしたい。

その想いが、私を支えていた。

「ははっ、素敵だね。とっても素敵だ。だけど僕は君のそういうところ、嫌いだな」

「嫌いで結構です」

「そうか、残念だ。君とはわかり合えると思ったのに」

「ええ、まったくです。あなたがそんなつまらないものにこだわって罪を犯したなんて」

「罪っていうけど、誰が僕を捕まえられるのかな？　精霊使いはもう大昔に抹消された存在だよ。それを取りしまる法律なんかない」

「でも、あなたは人を殺したんでしょう？」

「精霊を使って、ね。だから証拠もない。誰も僕を捕まえられない」

「ならどうして、私にそれを話したんですか？」

「そりゃ、君をここから出すつもりなんてないからさ」

彼がそう言うと、周りに浮かんでいた闇の粒子が突如襲いかかってきた。

逃げる間もなく、それに取り囲まれて身動きひとつできなくなる。

その場から去ろうとするクェーサーに、私は問いかけた。

「アドラスティアって…………一体なんなんですか？」

それは横領に関わる商会の名前でもあり、目の前の精霊使いの姓でもある。

クェーサーの足が止まった。

「……アドラスティア。それは『遁れることのできない者』」

独り言のようにつぶやくや否や、クェーサーは消えてしまった。

私は闇に取り巻かれ、意識が途切れた。

＊✣＊

王都の平民街と下民街の境目。

石畳が踏み固められた土に変わるその場所の近くに、十歳ほどの男女の双子が立っていた。

「平民街の孤児院にはいなかったね」

「リルは、一体どこにいっちゃったんだろう？」

赤茶の髪と新緑の目を持つ双子――エルとアルは、あまり治安のよくなさそうな下民街を不安げな目で見ていた。

「まさか、下民街にいるってことはないよね？」

少女――エルは、片割れの少年――アルに聞く。

「わからない。一緒に行ったのは盗賊団の人達だし、リルは孤児だからもしかしたら……」

アルは答えると、エルと不安そうに見つめ合い、握り合った手にぎゅっと力を入れる。

「ちょっとあんた達！　危ないから、こんなところでうろちょろしてるんじゃないよ！」

洗濯棒を振り上げた女に声をかけられ、ふたりは飛び上がりそうになった。

「下民街になんて遊びでも近づくもんじゃない。攫われる前にとっとと帰りな！」

険しい表情に反して、彼女はふたりを心配して声をかけたらしい。

ふたりは反射的に頭を下げると、あわててその場所から駆けだした。

カシルの親戚を頼って、ふたりは姉のリズも含めた四人で王都に来ていた。

街の商人のもとへ嫁いだリズだったが、夫に離縁され、村に戻らず街で働いていた。

商人は村の嫌われ者で、彼と結婚したリズもよく思われていなかったためだ。そんな彼女をカシルと共に迎えに行ってからは、ずっと四人で過ごしている。

元婚約者で盗賊団に所属していたカシルから、かつてひどい扱いを受けたらしいリズ。

彼女はカシルと再会した当初、彼に頼ることをよしとしなかった。しかし、結局は姉を娼館で働かせたくないふたりの必死の説得が功を奏した。国境付近から王都へは馬車で二月ほどの道のりだが、金を稼ぎながら歩いて移動する旅だったので、半年以上もかかってしまった。

盗賊団での不始末で隻腕になったカシルだけれど、旅の間、彼は心を入れ替えたように精一杯リズに尽くしていた。まだ完全にはカシルを許していないリズも、王都に着く頃にはだいぶ彼への接し方が優しくなった。

王都にいるカシルの親戚とは、彼の伯母にあたる子供のいない老女だった。

幼い頃はわが子のようにカシルをかわいがっていたという彼女は、カシルの片手がなくなったことに大層驚いていたが、温かく四人を迎え入れてくれた。

さる貴族の侍女頭を務めたことがある彼女は、夫に先立たれ、平民街の立派な家にひとりで住んでいた。カシルは伯母の家で雑事を手伝い、リズも彼女をよく手伝った。妹や弟と一緒に暮らせる今の生活に、リズも幸せを感じているみたいで、最近はよく屈託のない笑みを浮かべている。村で見張られていた頃にはなかったことだ。

大きく変わった王都の生活に、エルとアルも今では馴染みつつある。

ふたりには、王都に到着したら絶対にやろうと決めていたことがあった。

それは、痩せっぽっちの、いつもどこか悲しい目をしていたふたりの妹分、リルを探すこと。

ふたりが得ているのは、彼女が盗賊団についていったのを見た、という頼りない情報だけ。

王都に来れば盗賊団の行方もわかるかもしれないと思っていたが、着いて一年近く経っても、彼女の行方は依然わからないままだ。

下民街の入り口から走っていたふたりは、やがて人の多い通りまで来ると、スピードをゆるめて呼吸を整えた。

「……ふぅ。探すにしても、ふたりじゃ下民街には行けないね」

エルが言うと、アルは眉を下げる。

「ああ、それにこっちじゃ盗賊団の噂もないし、もしかしたら王都にはいないのかも」

「そんな……」

アルの予想に、エルは泣きそうな顔になった。

王都に来てからずっと、ふたりは赤い髪と金の目をした団長が率いる盗賊団の噂がないかと聞いて回ったが、情報を得ることはできていない。

その時だ。考え事をしていたからか、アルが大人の足にぶつかってしまう。

相手は屈強な、目つきの鋭い男だった。

「ごめんなさいっ」

ふたりはあわてて頭を下げ、その場を立ち去った。

「……王都はいろいろな人がいるよね」

「うん、でも最近は特におかしいみたいだ」

エルのつぶやきに、アルは深刻な声で返した。

「おかしいって？」

「市場のすみに、さっきみたいな男がよくたむろしているだろう？」

「うん。だから王都は怖いところだなって」

「でも僕が聞いた話じゃ、あんな男が立つようになったのは最近らしいんだ」

盗賊団の行方を追うために話を聞いて回る過程で、アルは様々な噂を耳にした。

それは例えばこの国の王子が病気らしいということや、アル達の住んでいた東から届く中身の知れない荷物が最近になって急に増えたこと。体つきのガッチリした素性の知れない男達をよく見かけるようになった話から、王弟ジグルトが難民のために屋敷を開放して炊き出しを行っている様子まで幅広い。

「ふうん。でも、その王様の弟さんが炊き出しをしてるのって、立派なことだよね？

何がおかしいの？」

「いいことだよ。でも、大人達はみんな噂してる。『ジグルト様は素性の知れない連中を王都に引き入れてる』って」

「すじょう……の？」

意味がわからないと言うように、エルは首を傾げた。

アルもうまく説明できないのか、不安そうに空を見上げる。

「何か……大変なことにならないといいけど……」

さっきまで晴れていた空が、いつのまにか厚い雲に覆われていた。


「本当にこっちで合っているのか？」

「さっき同じ店を見たような気がするんだが……」

「だ、大丈夫です間違いありません！　信じてついてきてくださいよ～」

双子の子供とすれ違うように、身なりのいい三人の男性が平民街のはずれに向かう。

ひとりは、頼りなさげな印象のひょろりとした眼鏡の男性。彼を挟むように歩くふたりは顔に傷のある巨漢と、帽子を目深にかぶった立ち姿の綺麗な男だ。

彼らはあーだこーだと言い合いながら、連れ立って通りを歩いていく。

「はあ、こんなことならルイ君に一緒に来てもらうんだった」

眼鏡の男――ジガーがため息をつくと、巨漢が相槌を打つ。

「なあに、心配するな。うちの愛ムス……コが世話になってるんだからな。安全無事に送り届けてやるよ。どんと大船に乗った気でいろ」

人の話を聞かない大男に、ジガーは半ば涙目だ。

そんな彼を見かねて、もうひとりの帽子の男が口を出す。

「ゲイル。お前はルイに頼りにされて嬉しいからって、はしゃぎ過ぎだぞ。道はジガーに任せてやれ」

「なんだよ。ミハイルだって、さっきまでジガーの道案内は頼りないって心配していたじゃないか」

「それはそれだ」

「なんだそりゃ」

「うー、ルイくーん」

自分を挟んだふたりのかけ合いに、ジガーは再び泣きたくなった。

護衛をつけるからこの手紙を渡してほしい、とルイに紹介状を託されたまではよかった。しかし、護衛が騎士団内でも有名な戦術の天才ミハイル・ノッドとその側近ゲイル・

ステイシーだとは、思いもしなかった。

いくらジガーが平民からの特別採用で、滅多に主計室から出ない会計専門の人間でも、彼らを知らないはずない。騎士団本部に行って有名人ふたりに訝しげな顔をされただけで、ジガーは体力を使い果たしてしまった気分だった。

それでも、せっかくルイとふたりで横領の手がかりを見つけたのだから、ここで弱虫風に吹かれて引き返すわけにはいかない。寝る間も惜しんで書類をひっくり返したふたりの苦労が泡になってしまう。

ルイは副団長に直接報告するために資料をまとめており、部屋を出る自分を見送ってくれた。

あんな小さい子供が、自分にできることを必死でやっているのだ。自分がこんなことで心が折れてどうする。

己を鼓舞し、ジガーは前に街の商会に勤めていた頃の記憶を掘り起こし、必死で足を進めた。

二人はどんどん人気のない方向へ進んでいく。そして辿り着いたのは、商会にしてはあまりにもそっけない、巨大な納屋のような建物だった。

「これが……商会？」

ゲイルがつぶやく。

「俺には納屋に見えるんだが」

ミハイルも訝しげだ。

ジガーに疑いの目が集中する。

それも当然で、店先であれば当然いるはずの客の姿も、そしてそれを招き入れるはずの商人の姿すらない。

「え!? いえ、違います。ここはアドラスティア商会ではありません」

あわてて否定するジガーに、冷たい視線が突き刺さった。

「だから道は大丈夫かって……」

呆れた様子で言われ、ジガーはふたりの勘違いを悟って、首を振った。

「あ、違います違います。そうじゃなくて」

「だから違うんだろ? 本当のアドラスティア商会はどこにあるんだよ」

「やっぱりちゃんと土地勘のある人間を連れてくるべきだったか」

「だから、違うんですってば! ここはアドラスティア商会の店舗じゃなくて、仕入れた商品を置いておく倉庫なんです!」

「倉庫……?」

商品の流通に疎いふたりは、揃って首を傾げた。

「はい。商品を大量に扱う大店は、通り沿いにある商会の店舗とは別に、独自の商品置き場を確保していることが多いんです。そうすることによって、盗賊に押し入られた際にリスクを分散することができますし、一等地に広大な土地を買い求めなくても済むので……」

ジガーの説明に、ふたりはうなずく。

「なるほど。それで、どうして帳簿のある店舗ではなく、先にこちらに来たんだ？　責任者は、基本的には店舗にいるんだろう？」

ミハイルのもっともな問いに、ジガーはうなずいた。

「はい。でも、相手は騎士団の、ひいては国の予算を横領するようなしたたかな相手です。おそらく直接店舗を訪れても、大人しく証拠を出してくることはまずないでしょう。門前払いをされるのがオチです。特に……相手は大陸全土を股にかける大手。ほぼ間違いなく、商護法を盾に押しきられます」

商護法というのは、正式には『国際商業保護法』という法律だ。国家に対しても巨大な影響力を持つ商人ギルドによって制定され、大陸の大部分で適用されている。大まかに言うと、商業に対し武力の不介入を徹底させる法律だ。

この法を無視してジガー達がアドラスティア商会に介入したら、商会は商人ギルドにメイユーズ国から商取引に対する妨害があったと訴えることができる。そうすればメイユーズ国は諸外国から、国際法を守れない野蛮な国として、誹りを受けることになるだろう。

ミハイルが苦々しそうに唸る。

「厄介だな」

「おそらく、それを見越して商会としての体裁を保っているのでしょう」

相手のしたたかさを思い、ジガーはごくりと生唾を呑んだ。

「じゃあ、まずはこの倉庫の方に潜入して、不正の証拠がないか探るんだな？」

「そうです。この帳簿に、最近騎士団から不要になった武具の払い下げがあったと記されています。詳細は書かれていませんが、騎士団が一度に払い下げたにしては随分と小さな額です。つまり、この額に見合わない価値の騎士団の刻印の入った武具がこの倉庫から見つかれば！……」

「取引は不正であると、告発できるわけだ」

「その通りです」

声を押し殺した三人の男達は、深刻な表情で顔を突き合わせる。

「それで、ここにはどうやって入るんだ？」

腕を組んで問うゲイルに、ジガーはずれてもいない眼鏡のツルに手を添えた。

深刻な空気が三人の間に流れる。

「はい、おふたりには、この扉を蹴破っていただきたいと……」

真顔で言うジガーに、ふたりは呆気にとられた。

ミハイルが低い声で言う。

「おいおい。下手をすれば、その商護法とやらで訴えられるんじゃなかったのか？」

ゲイルも呆けて続く。

「蹴破るって……そりゃ明らかに強行策だろうが」

目を白黒させるふたりに、ジガーはあわてて補足した。

「あ！　こちらはアドラスティア商会が正式に届け出ていない倉庫なので、それは問題ないかと」

「正式に届け出てないだって？」

「はい。実は、商会の多くがそうなんですが、倉庫の方は商業目的の使用だと国に届け出ないことが多いんです。メイユーズ国では、土地の居住利用に比べて、商業利用は徴収される税率が上がりますから。ということで、もし騒ぎになっても、ここがアドラスティア商会の倉庫だと知らなかったことにすれば問題ないかと」

真面目に話すジガーに、ミハイルとゲイルはため息をついた。

「慎重かと思えばそうでもなかったりするあたり、まさしくルイからの紹介といった感じだな。なぁ、ゲイル？」

「ルイ、すまん。それは否定できん」

「えっ、あの………………え⁉」

呆れたような反応をされて動揺するジガーだったが、そうと決まればふたりの行動は速かった。

「ああもう、結局なんでもありか！」

「メイユーズ国に忠誠を誓った身であれば、無茶にも従うのは仕方ない！」

ふたりはそれぞれに吹っきれたような不穏な笑みを浮かべ、タイミングを合わせて建物の木製の扉に体当たりをはじめた。

ふたりが着ているのは、軍服とは違う、普通の布製の服だ。しかし、ふたりの軍務と訓練で鍛え上げられた肉体は屈強である。

自ら提案した割に、そのすさまじい勢いと音に驚いて、ジガーはひとり後ろで及び腰になっていた。

「まだまだぁ！」

　さらに勢いづいたふたりは、体全部で何度も扉にぶつかっていく。そしてついには、衝撃に耐えかねた扉の蝶番が限界を迎え、メリメリという音を立てて扉が倒れた。

　土埃が舞い、三人は咳きこむ。そして埃が晴れると、揃って驚愕の声を上げた。

「これは……」

「ええ⁉」

「一体どういうことだ？」

　なんと、王都屈指の大店の倉庫は、何ひとつ置かれていないもぬけの殻だったのだ。

　充分に警戒しながらまずはミハイルが中に足を踏み入れ、促されてジガーがそれに続いた。最後に倉庫の中に入ったのはゲイルだ。

　ただ整地された土の上に、木でできた建物が載っているだけの素朴な建物だった。しかし、剥き出しの土の上には騎士団の武具はおろか、あるはずの商品も何もなく、だだっ広い空間だけが広がっていた。

　そこで目を引いたのは……

「これは、ペンタクル？」

「ああ。しかし見たことのない図案だ。属性の表記もない」

少なからず魔導を学んでいるふたりでも見たことのないペンタクルが、そこにはあった。倉庫の床の中心に、長身のゲイルが寝転んで手を広げてもまったく及ばないほどの、巨大なペンタクルが描かれている。

「これはどうも、ただの商会の倉庫というには、後ろ暗いことがあるようだ」

ミハイルが深刻な声で言い、にやりと笑った。

それを目にしたジガーは、自分達は一体何を見つけてしまったのだろうと、正体の見えない恐怖に怯(おび)えた。

「こんな街中にでかいペンタクルを刻んで、一体何をするつもりだったんだか」

ミハイルは唸(うな)るようにつぶやいた。ゲイルも悩ましげに言う。

「部屋を冷(ひ)やすとか、そんな単純なもんじゃないぞ、これは」

ふたりがまじまじとペンタクルを検分しはじめた、その時だった。

「おい！　倉庫の扉が破(やぶ)られているぞ！」

「一体誰だ!!」

倉庫の外から声がする。どうやら商会の人間に気づかれたらしい。足音がすぐ近くまで迫(せま)ってきた。走って外に出ても、逃げるのにはもう間(ま)に合わないだろう。ミハイルは舌打ちをし、叫んだ。

「ゲイル！」

「はいよ！」

名前を呼ばれただけで心得たゲイルは、ペンタクルが刻まれたグローブをはめた右手を、地面に押しつけた。するとそれに呼応するように地響きが起こり、土が盛り上がったかと思えば扉を塞ぎいで、商会の人間の侵入を阻んだ。

「え？　え？」

ジガーがおろおろしている間に、事態は瞬く間に進行する。

「さぁて、面白くなってきたじゃないか」

唯一の入り口を自ら塞ぎ、ミハイルは楽しそうに笑った。

＊❖＊

騎士団本部の一階中心部に位置する屋内訓練場に、黒い制服を着た騎士達が整列する様は壮観だった。

しかし突然の招集で、騎士達も内心では動揺している者が多いのだろう。そこかしこで小さな囁きが聞こえる。最近の騎士団は内部で殺人事件があり、ただでさえ揺れていた。事件について発表があるのかと、難しい顔をした者が多い。

その時、訓練場がざわめいた。

訓練場の一番前に、厳めしい黒の鎧をまとった騎士団副団長が現れたのだ。

それは、騎士団の規範に乗っ取った鋼の鎧とは、違う。

艶消しの黒に染め抜かれた、かつて国王から直接下賜された、カノープスのみが身に着けることの許された鎧だった。

式典で身に着ける鎧には、装飾が異常なほど多く施されているのが普通だ。それに比べれば地味だが、小さな宝石や魔石がそこら中に埋めこまれており、角度によってきらきらと光った。

まるで戦争に赴くような物々しさに、騎士達はこれから何が発表されるのかと息をひそめる。

「まずは皆に、知らせねばならないことがある」

カノープスは普段通りの平坦な声で言った。

しかしその声は、魔導でも使っているのか、驚くほどよく通る。

「先日、国境へ遠征中の団長閣下が行方不明だという知らせが届いた」

会場が大きくどよめいた。

あちらこちらで「嘘だろう!?」「よりによってこんな時に」という動揺もあらわの言葉が飛び交う。

「現在捜索の者を差し向けているが、問題の地点で大規模な山崩れが起きたらしく、情報が錯綜している」

絶対のカリスマを持つ団長に起きたまさかの知らせに、カノープスが話している間も広間は騒然としたままだ。

中には、広間を飛び出して、団長の捜索に向かおうとする者すらいる。

「鎮まれ!!」

しかし普段は淡々と話す副団長の喝が響き、訓練場は静まり返った。

その大声に反して、副団長の冷徹な表情はちらりとも揺らがない。

充分にその場が鎮まったのを確認したあと、カノープスはおもむろに口を開いた。

「最近、この騎士団内に陛下の為政に不満を持つ者がいると聞いたが、本当か？」

誰もが予想しなかった展開に、見えない緊張が走った。

「――話を変えよう。団長閣下が不在の今、騎士団の総指揮権及び意思決定権はすべて私にある。それに異論がある者はいるか？」

カノープスの問いかけに、騎士達は黙りこんだ。

騎士団に入ってまだ年数が浅いとはいえ、彼の戦闘能力の高さは皆が知るところである。加えて団長との関係も良好であり、彼がその役目を継承することに異議のある者はほとんどいなかった。

出自の定かでないカノープスが騎士団長代理として振る舞うなんて、と考える団員も中にはいたが、今はカノープスが発する圧力に圧倒されている。

「沈黙は了承とみなす。それでは、私はこの場で自らの立ち位置を明言し、これからの騎士団の方針について発表したいと思う。クェーサー」

「は！」

壇上に上がってきたのは、本部に居残りになっていた団長の第二従者である。

彼はひざまずいてカノープスに手紙らしきものを差し出した。

「ここに、王弟ジグルト・ネスト・メイユーズ殿下よりいただいた書状がある」

カノープスは書状を一度宙に掲げると、クェーサーに返した。

彼は心得ていたようにその書状を開き、内容を読み上げる。

『我、ジグルト・ネスト・メイユーズは、我が国メイユーズ国およびその王の現状を憂い、ここに告発する。王太子は怯懦に震え国外に脱出し、王は王城奥深くにこもって享楽に耽っている。民は血の涙を流して作物を育てるも決して富まず、貧しい日々を送り乳飲み子に飲ませる乳すらない。騎士団の志を同じくする者達よ、愛国の士よ。そなたらがかつての気概を持ち立ち上がれば、必ず王は目を覚まされ、再び名君として君臨なさるだろう。王国の名誉のために、いざ立ち上がれ！』

体よく反乱を鼓舞する、王弟ジグルトの書状。

カノープスは内心で、それを陳腐で口当たりがいいだけのくだらない文章だと思った。

しかし、確かに騎士団に対してはいくらかの効果があったようだ。広間の中の三割ほどが腕を振り上げ、賛同の声を上げていた。

狙い通りの反応を見て、カノープスは言う。

「私はこれより王城の前に陣を敷き、ジグルト殿下をお迎えする。貴君らにそれを強制するつもりはない。志を同じくする者は続け。続かないことは、決して怯懦ではない」

言い捨てると、カノープスはマントを翻して壇上から去っていった。

それから一瞬を置いて、騎士団本部の屋内訓練場は混乱に陥る。

大半の者は呆けたようにその場に留まったが、先ほどまで賛同の声を上げていた者達は喜び勇んで広間を出た。熱くなりやすい若年の騎士をなだめる壮年の騎士が、あちらこちらに見られる。しかし、年かさの騎士の多くも団長の行方不明の知らせに動揺しているのか、態度を決めかねている様子だ。

最早一刻の猶予もなく、時は流れていく。

今、この一瞬も、歴史は刻まれているのだ。

――のちに歴史書にまで残ることになるこの演説を、カノープスは生涯、己の汚点として忌み嫌ったという。

＊
❖
＊

目の前に広がるのは、何もかも死に絶えたような黒だった。

ああ、これでやっと安らかに眠れる。

私はなぜか、そう思った。

『君はひどい！　どうしてこんな運命ばかり選び取るんだ！』

聞こえたのは、覚えのある子供の声だった。

癇癪を起こしたみたいな、耳障りな甲高い声。

――鬱陶しいな。

私は深い眠りに落ちる直前に似た、泥のような倦怠感の中で思った。

『僕は君のために世界を用意したのに、君はちっとも幸せになろうとはしない』

腹立たしげに言う声を、私はイライラしながら聞いていた。

──そんなのはお前の勝手だろう。

もう眠いのに。本当は深く眠ってしまいたいのに、声がそれを許さない。

『……君のせいだ』

怒りをぶつけているかのごとく、声は言った。

『君のせいで、誰も幸せになれない。もちろん君にも幸せは来ない。世界は終末に向かってしまう。すべて君のせいだよ』

──ああ、もう黙れ。

私はその声に背を向けた。

深い苛立ちだけが胸に凝って、濁った炎になる。

言われていることは、わかっている。それでも私は決めたのだから、誰かに指図される筋合いはない。

たとえ相手が、神であったとしても。

＊ ✣ ＊

静かな闇の中で、私は何度も昏睡と覚醒を繰り返した。

何もできない。

こうしている間にクーデターが本格化していたらどうしようか、と私は幾通りもの最悪な想像をして時を過ごさねばならなかった。

自分はきっと、大した助けにはなれないだろう。

それでも、もし王子に危険が及んでいたら、せめて一緒にいたい。

身代わりにはなれないが、彼にわずかなりとも恩を返したかった。もし戻った時に王子の身に何か起きていたら、私は一生自分を許せない。

他にも、近しい人々の顔が頭に浮かんでは消えていく。

付き合いは浅いが、顔見知りの騎士団の人々。よくしてくれた、庭師や厨房の使用人、そして明け透けな言葉遣いの洗濯女中達。歴史には詳しいのに常識知らずで、お菓子が好きなミハイル。親バカなお義父さんのゲイルと、優しくてちょっとドジなお義母さんのミーシャ。

もし騎士団がクーデターを起こせば、彼らは絶対に無事では済まない。

それが内乱になったら、国全体が荒れてたくさんの人が死ぬだろう。

最初に死ぬのは子供だ。私は下民街で、嫌というほどそのことを学んだ。

そうなってほしくないという思いもあって、寝る間も惜しんで書類をあさり、奔走したというのに。

非力な自分が、嫌だった。悔しかった。

クェーサーの本性も見抜けず、見当違いな方向に突っ走る自分は、さぞ滑稽だったことだろう。数字を追う前に、調べなければならないことがあったはずだ。

ゲームの世界だと知っていて、プレイした記憶があるにもかかわらず、全然自分はうまくできない。私は落胆した。

もしこれが本当にゲームならば、リセットしてやり直せばいい。クリアの仕方がわからなかったら、攻略本を見ようがネタバレサイトを見ようが、個人の自由だ。

でもここでは、そんな方法は使えない。

ただ自分で考えて、選んで精一杯がんばるだけなのだ。そして、失敗した時には、後悔するしかない。

滂沱の涙が、頬を伝った。子供の姿らしく、癇癪を起こして泣きわめいてしまいたい。

しかしその願望に反して、喉はひくひくと静かに収縮を繰り返すばかりだ。

涙だけは、干からびてしまいそうなほど、たくさん溢れてくる。

どうして！　自分はこんなにも役立たずだ。

ゲームの設定を知っていたって、少し魔導が使えたって、結局誰も救えない。

実の母親だけじゃなく、これから死ぬかもしれない大勢も。

何度も涙を流し、無力な自分は嫌だと悔いたはずなのに。

私はいつも、誰かに助けられ慰められるばかりだ。一方的に助けられる、小さな子供に過ぎない。

悔しくて、自分の人差し指に噛みつく。

自分を痛めつけたい気分だった。

だけど、それだけじゃない。

必死に噛むと、子供の弱いあごの力でも血が滲んで鉄の味がする。

もっと、もっと強く、あごに力をこめる。

痛みを伴って、鉄の味が強くなった。

口を離すと、目を閉じて集中する。

皮膚の破れた指先がじんじんと痛んだ。

頭の中で、自分の血液が光の魔法粒子であると仮定する。

指先から滲み、滴り落ちているのは、光の雫。

そしてまぶたの裏で、その魔法粒子を糸状にして空中に編みこむ様を想像する。

——紡ぐように、織るように。

今は魔導を使うためのペンがない。そして、何かを書きつけられるような地面すらない。

しかし、自分の指がある。

前世ではよく編んでいた、トルコの伝統工芸のひとつ、オヤをイメージする。

綺麗な形の、いわゆる縁レース。色とりどりのものを見てきたけど……今は光の。

テリシアを巨大化させた時は、偶然オヤで縁取ったペンタクルを描いただけで、暴走するほど強力な魔導が作動したのだから、意図的にその図案を使うこともできるはずだ。

闇を制するのは光。

光だけが、闇と相克することができる。光だけが、闇を振り払う標になる。

私は脳裏に、王子の柔らかな笑顔を思い出した。

彼を取り巻く光の粒子は、いつもきらきらと輝いて、私に優しく降り注いだ。

私を助けるように、守るように。

『燐光』。

それはベッドの中で文字を読むために使っていた、簡単な魔導。ただ光を放つだけで、誰かを傷つけることはできない。

しかし力を加減せずに注ぎこめば――私のありったけの力を押しこめば、それはまったく違うものに変貌する。

白い光が、雷のように闇を切り裂く。

まるでガラスにヒビが走るみたいに私を包んでいた闇は割れ、光にかすんで消えていった。

闇が一瞬で真っ白な空間にすりかわる。

目が眩んでしまい、しばらくは開けることができない。

闇を壊すことができたのか？　自分はあの闇を打ち破れたのか？　あの空間から脱することができたのだろうか？

魔力を消耗して荒い呼吸をしている私のもとに、聞き覚えのある声が近づいてきた。

「リル！　リル！　よくやったリル！」

感極まったようなその声が懐かしすぎて、もう一度泣きたくなった。今度は、嬉し泣きだ。

こんな大事な時に、まったく何をしていたんだ、この精霊は。

「おかえり、ヴィサ君！」

涙は乾いていなかったけれど、私は多分笑えただろう。

白い光の中に、水色の粒子をまとった白銀の獣が飛びこんできた。ホワイトタイガーに似た、大きな獣。

それはあまり見慣れない姿の、でも確かに、私が召喚した精霊だった。

「どこで、なにしてたの。ずっといなくなったままで……っ」

涙をぼろぼろとこぼしながら、私は泣き笑いの表情でヴィサークの逞しくなった胸に抱きつく。そしてヴィサ君の胸をぽかぽか叩いた。

小さな腕はそのたびにふんわりとした毛皮に埋もれ、優しい温もりを感じる。

私達は言葉すら惜しみ、ひたすら頬擦りし合った。顔を舐められて涎まみれになっても、今はかまわない。

大きなヴィサ君を叩いていた小さな拳を解いて、精一杯その毛皮に抱きついた。

そして改めて、ヴィサ君と離れていた間、とても寂しかったのだと実感した。

私が前世の記憶を取り戻してから、ほとんど一緒にいたヴィサ君。口うるさい精霊だと思っていたのに、今ではかけがえのない存在に変わっていたのだ。

「ごめんな、リル。もうずっと一緒にいるから。ひとりぼっちにはしないから……」

獣の熱い息が顔にかかる。それがちっとも恐くない。

私は心底安堵して、自分の体重のすべてをヴィサ君に預けた。

しかしそんな感動の再会を、面白く思わない者もいるらしい。ヴィサ君を追ってきたらしいシリウスは、ヴィサ君に抱きついていた私を無理やり抱き上げた。

「え……？　叔父様？」

涙と涎まみれの私の顔を見て、シリウスが眉をひそめる。

「主人を悲しませるとは、下僕失格だな。ヴィサーク」

シリウスは冷徹な言葉をヴィサ君に浴びせるが、彼の手は私の頭を優しく撫でた。

「ぐッ……元はと言えば、お前がだな！」

ヴィサ君がシリウスに牙を剥く。

私は意味がわからず、目をぱちくりさせるばかりだ。

「ひとりで突っ走って敵に捕らわれた挙句、闇の魔力を吸収しすぎて自我すら失いかけた駄犬が、何を言う。私がお前の精神を浄化してやらなかったら、今頃、精霊界の西の守護は破られていたんだぞ。少しは『西の猛き獅子』としての自覚を持て」

シリウスは呆れた声でヴィサ君に言う。

「それは悪かったと思ってるよ！　でも、真の姿だったら、あんな人間風情に後れを取ったりしなかった！」

「ふん、言い訳とは見苦しいな。大体、無断で主人のもとを離れるというだけで、契約精霊としてあるまじきこと」

「くー！　俺だって悪いけど、お前もいちいち紛らわしいんだよ！　一瞬本気で消されるかと思ったじゃねーか！」

憤怒するヴィサ君にも、シリウスは動じない。

「精霊の王があれしきのことで何を言う。お前には一度、忠犬のなんたるかを叩きこんでやろうか」

なぜ叔父様が、忠犬のなんたるかを知っているのだろうか。私は意味不明なふたりの会話に激しくツッコみたい衝動に駆られたが、空気を読んで口を閉ざした。

ヴィサ君はしばらく悔しそうに歯を食いしばっていたが、やがて大きな獣の姿のままで器用に項垂れる。そしてシリウスにそっぽを向けた。

「……一応、今回のことは感謝しといてやる」

「ふん」

シリウスはつまらなそうに鼻を鳴らすと、私を抱き上げてよしよしを繰り返す。

状況が掴めない私は、彼を見上げて尋ねた。

「えーと、叔父様？　私、状況が全然読めないのですけれども」

「ああ、ひとりでよくがんばったなリル。君は闇の中に閉じこめられていたんだ。内側からあの殻を破らなければ、私達は君を見つけることができなかっただろう」

「ええと、ここは……？」

周りを見渡すと、そこは白い空間だった。先ほどの闇の中よりはいいが、まだ元の世界に戻れたわけではないらしい。

あれから、どのくらいの時間が経ったのだろうか。

「叔父様、クェーサー・アドラスティアは？　それに騎士団はどうなったんですか？」

閉じこめられるまでの経緯を思い出した私は、自分を抱えるシリウスの襟元にしがみついた。

自分がいない間に、取り返しのつかない事態に陥ったのではないか。そう思うと、いてもたってもいられなかった。

「お、落ち着けリル。そのクェーサー・アドラスティアというのが、闇の精霊使いなんだな？」

「はい。騎士団長の第二従者を務めていました」

「なるほど、やはりリチャードの読みは正しかったか」

シリウスのつぶやきの意味がわからず、首を傾げた。

「叔父様、ちゃんと私にもわかるように説明してください」

飛びかかる勢いで迫ると、シリウスは目を丸くしたあと、一瞬だけ果てしなく幸せそうな顔をした。本当に一瞬だったが。

ヴィサークがシリウスを軽蔑したように見つめる。

すぐに私がシリウスの襟元をもう一度揺らしたら、シリウスは真顔に戻って咳払いをした。

「ゴホン。リル、落ち着いて聞きなさい。騎士団は現在、内部分裂を起こし、王弟を支持する革新派が王城前に陣を敷いている」

シリウスは至極冷静に言うと、唖然とする私をヴィサークの背中に乗せた。

「君の体は今、城から離されているようだ。ここにいるのは意識で、実体とは異なる。危ないから、体に戻っても城に近づいてはいけないよ。どうせすぐに終わる」

「終わるって……終わるってどういうことですか⁉」

パニックになりかけた私の背中を、シリウスがあやすように柔らかく叩く。

「大丈夫。悪いようにはならない。ここから出たら、大通りに出るんだ。リチャードに助けを求めなさい。平民街の中央通りに行けば、向こうが気づくはずだ」

「え？　それって一体」

詳しく尋ねようとしたところで、目の前にいるはずのシリウスが、どんどん透けていっていることに気がついた。私はわけがわからなくて、彼の顔を見上げる。

「ああ、もう時間が来たようだ。私もこれ以上は意識を飛ばしていられない。今はとにかく人間界へ戻るんだ。ヴィサーク。しっかりと守れよ」

「言われずとも！」

ヴィサ君が頼もしい返事をしたところで、シリウスの姿は消え、私の体も薄れはじめた。

「え？　ヴィサ君これって……」

「リルの出口には、俺も一緒に行くから。どんな敵が待ちかまえていようと、蹴散らしてやるぜ」

久しぶりに会ったヴィサ君は好戦的になっていた。いや、前からこうだったか？

そんなことを考えていたら、急に景色が変わった。真っ白で何もない空間が視界から掻き消え、私は気がつくと室内にいた。

どうやら木でできた建物らしい。床は土が剥き出しになっている。

「ルイ！」

その時、名前を呼ばれ、驚いてヴィサ君から身を乗り出した。

下を見ると、声の先にいたのは目をまん丸にしたゲイルだった。

「へ？　どうしてここに？」

ゲイルの隣には、ミハイルとジガーまでいる。アドラスティア商会に向かったはずの三人組だ。

わけがわからず、私は三人の顔を交互に見つめた。

しかし事情がわかっていないのは三人も同じらしく、似たような表情で私を凝視（ぎょうし）していた。その視線は、私が跨（また）るヴィサ君にも向いている。

「これはルイの精霊か？　用途不明のペンタクルから出てきたのが、ルイと精霊？　一体どういうことなんだ？」

「ルイ、お前どこから現れた」

ミハイルに尋ねられても、わからない。私の方が聞きたいぐらいだ。

「どこからって言われても……そもそも、ここはどこなの？」

シリウスの話からすると、城の敷地内ではないのだろうが。

「ここはアドラスティア商会が所有する倉庫の中です。それにしても、この白い動物は一体……？」

説明しながら大きなヴィサ君を見て放心したような顔をするジガー。それを見て面白いなぁと思っていたが、こんなことをしている場合じゃないとはっとする。

「そうだ！　ミハイル、城が今、大変なの。騎士団が内部分裂を起こして、ジグルト殿下を支持する革新派が陣を敷いてるって」

「なんだと!?」

三人が顔を険しくさせた。私の顔にも、おそらく焦りが表れているはずだ。いてもたってもいられず、今すぐ城に向かいたくなる。しかし、私が行っても何もできなくて、邪魔になるだけだろうかと思えば、それもためらわれた。

でもゲイルとミハイルは、騎士団の親王家派にとって必要な人材のはずだ。

「ふたりとも、早く城に！」

私が叫ぶと、ふたりは大声でわめく。

「こんな時に！」

「ああ、タイミングが悪いったら」

ふたりが苛立たしそうに見つめた先には、土壁に阻まれた入口があった。

そこには土の魔法分子が漂っているので、ゲイルが魔導で入口を塞いだのだろうとすぐにわかる。どういうことか尋ねようとゲイルを見たら、彼は髪の毛を掻きむしって言った。

「外には商会の人間がいるんだ。魔導で穴を掘って気づかれないように外に出ようと思っていたんだが、そんな悠長なことをしている余裕はなさそうだな」

「……ああ。仕方ない。危険だが、俺の炎で壁を破るか」

ミハイルが苦々しげに言う。

しかし木造の建物に火なんて使えば、火事は免れないだろう。王都には基本的に石造りの建物が多いとはいえ、火が燃え移る危険もある。

「そんな、大丈夫なの？」

私が聞くとミハイルは険しい顔のまま答える。

「仕方ない。ずっとここにいるわけにもいかないだろ」

ゲイルは私を安心させるためか、力強く言う。

「心配するな。すぐに俺の魔導で土をかぶせて鎮火させる」

「なんだよ。この建物の外に出りゃあいいんだろ？　そんな面倒なことしてられるか！」

それまで大人しく話を聞いていたヴィサ君だが、そう言い放つと止める間もなく咆哮した。

彼の唸りから生まれた突風が、たやすく屋根を吹き飛ばす。見上げると、夜空にちかちかと星が光っていた。

「え、上⁉」

「こっちからの方が速い！」

驚いている私を乗せて、ヴィサ君が飛び立とうとする。しかし、三人を置いていくわけにはいかない。

「ヴィサ君、待って！　三人を置いてけない！」

「ぐぅっ」

彼の柔らかい髭を引っ張ると、ヴィサ君は不機嫌そうな顔をする。

「四人は定員オーバーだ」

「そんな！」

私がどうしようかと困惑していると、ヴィサ君はもう一度唸った。その時、強い風が上空から吹きつけてくる。何事かと顔を上げれば、そこにはそれぞれ姿の違う三体の精霊が浮かんでいた。

「お呼びですか？　ヴィサーク様」

「本当に、ひどいお方。ずうっと人間ごときに執心でいらしたくせに」

「へぇえ。人間の男が三人もいるー」

理知的な声の精霊はユキヒョウのような体で、白くしなやかだ。ホワイトタイガーに似た一体はなんとなく艶っぽい。無邪気に飛び回っているのは、なんと白イルカだった。順番に言葉を発し、何やら親しげにヴィサ君に笑いかける。

それぞれの体にはヴィサ君と同じ風の文様が刻まれているから、きっと風の精霊なのだろう。それにしても、空中にイルカってどういうこっちゃ。

「なんだこりゃ⁉」

ゲイルのあげた声に、私も驚いた。

「風の精霊が見えるの⁉」

普通、自分の属性以外の精霊は見ることができないはずだ。ミハイルは火、ゲイルが土の属性で、ジガーはほとんど魔力を持たないから、見えるはずがないのに。三人とも目を瞠っている。

私の声に答えるように、ヴィサ君が不敵に牙を剥いた。同時にユキヒョウさんが抗議の声を上げる。

「人間に見えないほどの下っ端どもと一緒にしないでくださいまし。私どもはヴィサーク様のそば近くにお仕えする精霊でしてよ」

どうもユキヒョウさんは気位が高そうだ。今はそのなめらかな毛皮を撫でている場合じゃないのが、残念でならない。

「お前達。この人間どもを乗せてやれ」

ヴィサ君が言うと、また順番に返事をする。ちなみにユキヒョウさんは不満そうだ。

「……かしこまりました」

「他の男を乗せろだなんて、いけずねぇ」

「いいよー乗ってー」

三者三様の反応に、呆気にとられる。それにしても、二番目のホワイトタイガーさん。え、ヴィサ君とそういう関係ですか？　ちょっとイエローカードです。

戸惑い気味の騎士団員三人をそれぞれの精霊が背に乗せ、私達は倉庫の外へ出た。

建物の周りにいた男達が驚愕の声を上げてこちらを指さしているが、さすが風の精霊達。そのスピードはすさまじく、すぐに彼らは見えなくなった。

「それで、どこへ向かうんだ？」

「叔父様は、大通りに行けば向こうが見つけてくれるって言ってたけれど……。一体誰が見つけてくれるんだろう？　それよりも城に向かった方が……」

リチャードとは誰だったろうと思い私が首を傾げていると、ゲイルが大声を上げた。

何かを見つけたのか、地上を指さしている。

「おい、ありゃなんだ！」

彼の示す先は、大通り。そこを、たくさんの兵士が松明を掲げ行進しているのが見えた。怯えて家にこもっているのか、他の通行人は見当たらない。

私達は呆然とその行進を見つめた。

みんな、それぞれ防具を身に着けてはいるが、てんでバラバラの装備だ。正規兵ではないと一目でわかる。得物も剣や斧に槍と様々で、まるで山賊が行進しているかのようだ。

「あれは傭兵だ」

ゲイルがぽつりとつぶやく。

「こんなに大量に王都に侵入していたなんてな。ジグルト殿下も随分と食えないお方だ」

吐き捨てるようにミハイルが言った。

行列は、すぐにでも城に到達してしまいそうな勢いで進んでいる。たった四人でそれを止める手立てなんてない。

どうしようかと頭を悩ませた時、私はリチャードが誰か思い出した。そう呼ぶ人がほとんどいないから、すっかり頭から飛んでいたのだ。

「平民街の中央通りにリチャード団長がいらっしゃるから、とにかくそれに合流しよう！」

「団長が⁉　戻られたのか」

驚いて叫ぶミハイルには答えず、ヴィサ君に声をかける。

「ヴィサ君。私達をあそこに見える大通りに連れていって」

もう城にほど近い貴族街の通りを行進する傭兵（ようへい）達をよそに、私達は城から離れた平民街の通りへと向かった。

たくさんの商会が出店している大通りも、営業を終えた夜とあって静まり返っている。

「こんなところに……？」

月明かりの中、私達はそれぞれ乗っている精霊の背中から身を乗り出し、人影を探して周囲を見渡した。しかし、街には人の気配すらなく、目当ての人物を見つけることはできない。

「リル、本当に団長がここに？」

ミハイルが困った声で尋ねる。

「うん。ここにいれば向こうが見つけてくれる、って言ってたんだけど……」

歯切れの悪い私の言葉に、ミハイルが腕組みした。

時は一刻を争うのだ。

もしここで団長と合流できないなら、城にいる騎士団と合流すべきだとミハイルは考えているのだろう。

——その時だった。

「なんだお前達は！」

そう言って建物の陰から現れたのは、十人ほどの屈強な男達だった。彼らは揃いの防具を身に着け、鋭い視線で私達を警戒している。

「え……」

私達が困惑していると、リーダー格らしいスキンヘッドの男性が前に進み出てきた。明かりが乏しく見えづらいが、彼らは皆帯剣し、武装を整えているようだ。

「貴様らも王弟ジグルトの手の者か！」

そう言って、スキンヘッドが剣を抜く。月光にその刀身がキラリと光った。

「ち、違う！　違います。僕達は騎士団の……」

ジガーが叫んだ。どうやら彼らは、私達を先ほどの一団の仲間だと誤解しているらしい。ごくりと唾を呑みこむ。

それで剣を向けるということは、彼らは親王家派の人間なのだろうか？

精霊に跨った男三人と子供ひとりを、男達は疑わしそうに見つめていた。

ミハイルもゲイルもジガーも、こんな時に限って騎士団の制服を着ていない。制服だったら、一発で身元を証明できたのに。どうしたものかと私が頭を悩ませていると、おもむろにミハイルが帽子を取った。すると中に収められていた赤い髪が、はらりとこぼれ落ちる。

「茶番は止めてください。団長」

何を言うかと思えば、ミハイルは落ち着いてそう言い放った。

男達に動揺が走る。しかし驚いたのは、建物の陰から見知った人が現れたことだ。

「団長！」

ゲイルが叫ぶ。

進み出てきたのは、行方不明になっていたはずの騎士団長、リチャード・バンクスその人だった。

武装した男達が道を空ける。

どうやら彼らは団長の配下のようだ。それにしては、見覚えのない人ばかりで、騎士団員ではなさそうだけれど。

「お前はちっとも動揺せんから、つまらんな。ミハイル」

ミハイルは苦笑した。しかしミハイルの声は、すぐに深刻なものに変わる。

「団長も無茶をしますね。まさか、領地から私兵を引っ張ってくるなんて」

その言葉に、ミハイルを除く私達三人は顔を見合わせた。

いかなる事情があろうと、国王の許可なしに王都に私兵を入れることは許されない。その法を犯せば、反逆罪で即刻死刑だ。

しかし団長は悪びれず、くつくつと笑った。

「なあに、心配することはない。なんせ陛下直々のご命令だ。傭兵のやつら、王弟殿下の私邸の前で殿下の危機だと叫んだら、面白いように湧いて出やがった。俺はこいつらと追いこみ漁の真っ最中さ」

その声が合図だったわけではないだろうが、建物の陰から続々と兵士達が現れた。よく見れば、彼らは同じ紋章を刻んだ防具を身につけている。おそらく、団長の家の紋章だろう。

そこに集まるあまりの人数に、私は息を呑んだ。

傭兵に比べれば、数では劣る。しかし、少数でも団長が選りすぐった兵力があれば、反逆者達の行進に切りこむことは可能だ。王城を守ることはできるだろう。

けれど、それは同時に、この美しい王都が戦場に変わることを意味していた。

「そんな……」

内乱が起きてほしくない。

だから、今日までがんばってきたのに。私のやってきたことは、すべて無意味だったのか？

「リル……」

項垂れる私を気遣うように、ヴィサ君が見上げてくる。

——いいや、まだだ。

絶対に、この地を無粋な力で蹂躙させたりはしない。

「ヴィサ君、やってほしいことがあるの」

それは、ない知恵をふり絞った苦肉の策だった。

＊ ❖ ＊

カノープスが即席の反乱軍に最初に命じたのは、城門を固く閉ざすこと。そして、命令があるまで決して誰も通してはならないということだった。

即席ではあったが、もともと革新派として結束を固めつつあった彼らの動きは、流れるように速やかだ。嬉々とした彼らは、カノープスの命を遂行した。

夜空の下、王城の前の広場には白くきらきらしい鎧をまとった騎士達が整然と並ぶ。

状況を知らない者ならば、まるで何かの式典を催しているように見えたことだろう。

真っ白い大きな騎士団の旗が、厳めしくはためいている。

王城を守る近衛兵は、固く門扉を閉ざした。王城に仕える者達は城にこもり、こわごわと行く末を見守っている。

それは宣言もなければ蜂起の叫びもない、かつてないほどに静かなクーデターだった。

やがて、連絡役の騎士が半ば引きずるようにして、ある男を連れてきた。その男は、カノープスに宛ててあの檄文を書いた王弟、ジグルト・ネスト・メイユーズだった。

カノープスは厳めしい黒い鎧を見せつけるように膝を折り、彼を出迎える。

「これは一体どういうことだ、カノープス！」

ジグルトは明らかに動揺していた。しかし、それを隠すように虚勢を張り、カノープスを問い質す。

「ここに集まったのは皆、殿下と志を同じくする騎士団有志の者達です。我々はジグルト殿下の高いお志に感銘を受け、微力ながら国を変える力になれば、とここに参上いたしました」

熱い言葉を無表情で言うカノープスとは対照的に、ジグルトを取り囲む騎士達の目は爛々と輝いている。ジグルトへの期待がこめられているのは明らかだ。

自分の書いた檄文がここまで騎士達に影響を及ぼしてしまうとは。予想だにしていなかったジグルトは、カノープスに反論しかけて言いよどみ、再び口を開いた。

「……我に賛同してくれたこと、心より嬉しく思う。我らは一丸となって国の難事を乗り越えようではないか。ひいては、私の屋敷にいる召使い達を呼び寄せたい。若い男達も多くいる。この局面に際し大いに役立つだろう」

この国では貴族といえども、私兵を王都に引き入れることは固く禁じられている。

カノープスにそこまで手の内を明かしていいものかわからず、ジグルトがしどろもどろになりながらごまかしの言葉を述べた。すると、カノープスは冷たい微笑を見せる。

「ご心配には及びません。我らが全力でジグルト殿下をお守りいたしますので」

カノープスはジグルトを守るためにと、彼の周りを騎士に取り囲ませる。そして、彼を屋外用とはいえ王族が使うのに遜色のない、繊細な彫刻の施された椅子に座らせた。

そのあとカノープスは、クェーサーに先ほどの檄文を王城に向かって読み上げさせ、王との直接の面会を希望すると宣言したが、王城からの返答はない。

王城の中で震える人々は王弟の目的を知って驚き、身を寄せ合って国の行く末を案じた。

事態は膠着し、緊張感を孕んだまま三メニラ――一時間半ほどが経過しつつあった。

その時だ。

「なんだあの軍勢はッ」

「城門前に多数の男達が！」

騎士団の背中に位置する城門のあたりが、にわかに騒がしくなる。

走り寄ってきた伝令に、カノープスは改めて何者をも通してはならないと念押しした。

何事かわからず戸惑い顔のジグルトだったが、騎士の「傭兵だ」という叫びを聞いて顔色を変える。

「待て！　彼らは私の……」

ジグルトは立ち上がりカノープスに駆け寄ろうとしたけれど、周りを取り囲む騎士達がそれを阻んだ。

カノープスはジグルトを見下ろし、冷たい笑みを浮かべた。

「ご心配なさらず。殿下は必ず我々がお守りいたします」

――とんでもない茶番だ。

カノープスは内心で吐き捨て、ため息をつきながらその時を待った。

＊❖＊

城の門まで達した傭兵達を追い、団長の私兵と私達は平民街から貴族街を駆け抜ける。そのまままっすぐ、城まで伸びる道を急いだ。

王都は全体がゆるやかな山になっており、頂上に城がある。そのため、城に向かう道はどこもなだらかな傾斜だ。

ミハイルとゲイルは精霊から降りて走り、ジガーは危険だからと自宅に帰された。よって、ここにいる精霊は私の乗るヴィサ君一匹。例の、いろいろな意味で濃い精霊達は、用は済んだとばかりに姿を消してしまった。

私はヴィサ君の背に乗り、集団の先頭の上空を飛んでいる。ヴィサ君の白い毛皮は夜の闇の中でも目立っていたが、注がれる視線の痛さは今は気にしないでおく。

ミハイルには再三、ステイシーの家に帰れと言われた。でも、帰るべき場所は城だ、と私は断固として引かなかった。

たとえ親王家派が勝ったとしても、戦いになれば血を見ることになるだろう。

それを防ぐために、私は一縷の望みに賭けていた。

「ルイ！」

「はい！」

突然ミハイルに呼ばれ、私はヴィサ君をミハイルの上空へ誘導する。そしてミハイルの方へ体を傾けた。

「帰れっていうなら聞かないよ」

あらかじめ釘を刺すが、どうやら用件は違うらしい。ミハイルは疲れたように笑ったあと、おもむろにヴィサ君の尻尾を掴んだ。

「お!?」

ヴィサ君が驚愕の声を上げ、その体が揺れる。

「悪いが、ちょっと乗せてもらうぞッ」

私は必死でヴィサ君の背中にしがみつく。そして気づくと、ミハイルがヴィサ君の背中にへばりついていた。

「何すんだ、このやろー！　離れろよ！」

怒り心頭のヴィサ君が体を揺らす。

私まで落ちてしまいそうだったので、あわててどうどうとなだめた。そうこうしている間に、ミハイルがよじ上ってくる。

「危ないよ、ミハイル。乗せてって言えば、ちゃんと止まったのに」

「そんな暇はない。いいからお前も手伝え！」

そう叫んだミハイルの手には、大きな紙とペン型の魔導具が握られていた。ミハイルは揺れの収まったヴィサ君の背中で、その紙に手早くペンタクルを描いていく。

「あとで見てろよ。くそっ」

ご機嫌斜めになるヴィサ君の背中を何度も撫でてやる。

そのうちにミハイルはペンタクルを描き終えたらしい。図案からは火の魔法粒子がほとばしり、火の玉のようになった。それらは、あとに続く兵士達の頭上に浮かぶ。

「これは……」

私がそれに見とれていると、ミハイルに軽く頭を叩かれる。

「俺の分だけじゃ足りない。かさ増し、頼んだぞ」

そう言って、ミハイルはヴィサ君から飛び降りると再び走り出した。

どうやら、私にこのペンタクルを見せて火の玉を量産しろということみたい。やってやろうじゃないか。

私は、ミハイルに渡された紙の空いているスペースに、彼が描いた図形とまったく同じものを描きはじめた。最後の線を書き終えた時、そのペンタクルからも火の魔法粒子が溢れ出す。

闇の中できらきらと光る赤い粒子は、兵士達の松明に交じっていくつもの火の玉を作る。

それは幻想的な光景だった。

実際の兵士の数以上に、松明は無数に増えていく。それは誰もいない軍隊の後方に帯のように広がり、闇の中、実際の倍もの軍列があるように見えた。

「あそこだ！」

その時、誰かが叫んだ。

前を見ると、城の門の前で停止している傭兵達の背中にぶち当たるところだった。

私は彼らの持つ松明の灯りを見て、タイミングを計る。

「止まって！」

走る味方の軍勢の前に飛び出し、ヴィサ君の上で手を広げた。先頭を走っていた兵士達は、驚きつつも足を止める。

このまま、団長の私兵達をあの傭兵達に突っこませるわけにはいかない。

たくさんの視線が、鋭く私に突き刺さる。

「どういうつもりだ。ルイ・ステイシー。これは遊びではないのだぞ。――戦争だ」

ゆっくりと、団長が噛んで含めるように言った。

その目は老齢ながらに鋭く、私の背中はぞくりと粟立つ。

「ルイ。そこをどくんだ。早く！」

ゲイルの怒号に、私は首を竦める。私に甘いゲイルが怒るなんて、よっぽどだ。

それでも、私は引くわけにはいかない。

「待って、待ってください！　すぐに終わりますから、今はまだッ」

どうにか時間を稼ごうと声を張り上げる。それに呼応するように、ヴィサ君が咆哮した。

ヴィサ君の声に怖気づき、先頭の兵士が少しあとずさる。

「これ以上行く手を阻むならば、お主も反乱軍の一員として退けようぞ」

団長が重い声で言い、剣を抜いた。

兵隊達は息をひそめ、なりゆきを見守っている。

「どくんだ、ルイ！　今ならまだ」

ミハイルとゲイルが叫んだが、私は手を下ろさなかった。

「どいてくれ、ルイ。頼むから！」

彼らの悲痛な表情が胸に突き刺さる。でも、彼らを大事に思う分だけ、私はどくわけにはいかないのだ。こめかみを汗が伝う。

団長が剣を持つ手にぐっと力をこめた時、前方にいる傭兵達から奇妙な声が上がった。

――あぁ、成功した。

私は息を吐いて、相棒を呼ぶ。

「ヴィサ君」

「……ああ、待たせたな。やっとうまくいった」

嬉しそうにヴィサ君が尻尾を振る。

私は振り向いて、その先の暗がりに目を凝らした。

そう、暗がりだ。なぜなら、傭兵達の持つ松明の火は、ひとつ残らず掻き消えていたから。耳を澄ますと、闇の中からたくさんの呻きが聞こえた。

「お、おい」

「これは一体……」

傭兵達の様子に気づいたこちらの兵士達にも、動揺が広がる。私はその呻きが聞こえなくなるまで、ずっと手を広げていた。

もう誰も、私にどけとは言わなかった。

「ありがとう、ヴィサ君」

「ああ。それにしてもこれだけで人間はだめになっちまうのか。不便だな」

「そうだね」

私達は作戦の成功を小声で確認し合った。

しかし私の胸には、小さな喜びを凌駕する罪悪感が渦巻いていた。

私達の後ろには、今、物言わぬ闇が横たわっている。

＊　✣　＊

門を守る騎士から届けられたのは、奇妙な知らせだった。

門の前に立ち塞がっていた兵士達の松明が、なんの前触れもなく消えたという。

そしてしばらくして、その暗闇から男達の呻き声が聞こえたそうだ。しかし、今は完全に沈黙しているらしい。

「何？　それは一体どういうことだ？」

一緒に報告を聞いていたジグルトが、身を乗り出してくる。

自分の集めた傭兵達がどうなっているのか、気が気ではないのだろう。彼は兵を集めるために、たくさんの金を使ったはずだ。

「彼らがどうなったかは確認したのか？」

カノープスの問いかけに、騎士は言葉を選ぶようにゆっくりと話を続けた。

「いえ、松明で照らそうとしても、なぜか火がつかないのです。火の魔導を使っても同じで、確認には光の属性を持つどなたかのご協力が必要かと……」

ひざまずいた騎士は、反応を探るようにカノープスを見上げる。

それも当然で、この場で光の属性を持っているのは、王族であるジグルトと、すべての属性を持つカノープスだけだ。

カノープスはひとつため息をつくと、その場にひざまずいた。

「殿下。しばし、御前を離れます。私がおらずとも、歴戦の騎士達があなた様をお守りします。どうぞ、ご心配なされませんよう」

まるで幼い子供に噛んで含めるようなセリフを、カノープスは朗々と言い放つ。

ジグルトは不満げに鼻を鳴らして、了解の意を伝えた。

その時――

様子を見に行こうとしていた城門が、ギギィと重苦しい音を立てて開いた。

ざわざわと騎士達に動揺が走る。

門の外に続いているのは、無数に広がる赤い帯。一体どれだけの兵がいるのか、遠く貴族街まで松明の列は続いていた。

そしてその脇には、傭兵達が荷物のようにぞんざいに積み上げられている。

「不肖リチャード・バンクス、ただいま帰りましたぞ！」

高らかに響いた声の主は、行方不明になっていた騎士団長だった。

鎧で固めた反乱軍がざわめく。

絶対のカリスマ性を持つ騎士団長の安否が確認できないのならばと、この即席の反乱軍に参加した者も少なからずいたのだ。

「これはどういうことだ、カノープス！」

ジグルトがカノープスに掴みかかる。ジグルトにとって、これは不測の事態だった。

なぜなら、騎士団長を事故に見せかけて亡き者にせよと命じたのは、彼自身だから。

まさか、リチャードが戻るなんて。あまつさえ、傭兵を倒してしまうなんて、思ってもいなかった。

作戦の失敗を知り、ジグルトは歯噛みする。

カノープスが大人しく傭兵達を門の中に入れてさえいれば、こんなことにはならなかったのに！

しかし、掴みかかられても、カノープスの表情はちらりとも変わらない。

あわてた周囲の騎士がジグルトを恐る恐る取り押さえると、カノープスはジグルトの手を振り払い、騎士の間を縫ってリチャードの前に出た。

「留守をよく守ってくれたな、カノープス」

リチャードがカノープスに声をかけると、カノープスはため息まじりに答える。

「あなたの戯れに振り回されるのは、これを限りにさせていただきたい」

「まあ、そう言うな」

リチャードのまったく気にしていない様子に、カノープスは眉をひそめて睨んだ。

しかしリチャードはカノープスの視線などどこ吹く風で、にやりと笑う。

「ジグルト殿下、貴公の私邸を占拠していた不逞の輩と、城に詰めかけていた傭兵達は残らず捕縛いたしましたぞ！　つきましては、貴公の邸に大量に集められていた武具について、説明願いたい」

リチャードが集まった騎士達に聞こえるように大声で問うと、団長の帰還に浮き足立っていた騎士達の視線はジグルトに集中した。

騎士に押さえられていたジグルトは逃げることもできず、呆然と立ち尽くす。

「そんな……貴様、私の邸を勝手に捜索したというのか!?　私は王族だぞ」

怒りと怯えのまざった叱責を受けても、リチャードはふてぶてしい笑みを崩さない。

「私は街で悪事を働こうとしていた不逞の輩達を取りしまっただけですぞ。彼らは偶然あなた様の私邸を占拠していた。そうではないのですかな？」

痛いところを突かれ、ジグルトは黙りこんだ。

王都で私兵を囲った者は、仔細問わず即刻死刑。それがこの国の決まりだ。

武器だけならばまだコレクション目的だと言い逃れもできるが、ここで自ら兵士達を集めていたことを自白してしまえば、彼の命は消えたも同じ。

「それにしても………」

リチャードは、松明に照らし出された反乱軍を一瞥する。

「私のわずかな不在の間に、王家に絶対の忠誠を誓ったはずの騎士がこれだけ心をグラつかせるとは、情けない!!」

リチャードは顔から笑みを消し、戦場にいるような険しい表情で言い放つ。

反乱軍に身を投じていた騎士達はその剣幕に驚き、そして団長が親王家派から転向したという噂が真っ赤な嘘だと知った。

「そして、クェーサー」

リチャードは自らの第二従者に呼びかける。

ジグルトの椅子のすぐ後ろに控えていたクェーサーが、ゆっくりとリチャードの前に出てきた。闇の中を歩く彼の姿は、妙に人目を引いた――

＊
❖
＊

闇に照らし出されたクェーサーの姿に、私は思わず息を詰める。団長の兵達が倒れた傭兵達を捕まえていくあとに続けば、城の門の内側ではすでに副団長が王弟ジグルトを捕まえていた。そして団長に呼ばれたクェーサーは、無表情で人々の注目を受け止めている。

「お前がちまちまと、何かくだらない企み事をしているらしいという報告は受けていたがな。まさか、俺が革新派に乗り換えたなどと噂を流して、騎士団内に内部分裂を招くとは……」

団長はクェーサーを睨みつけた。

クェーサーは松明の光に照らされ、黙りこくっている。

私は驚き、目を見開いた。団長の言葉が本当ならば、すべて説明がつく。

どうして噂が急速に騎士団内に広まってしまったのかも、そして噂を信じる者が続出してしまったのかも。

団長に一番近い従者がそう言えば、事実無根の噂でも真実味を持つ。クェーサーは、まずは小姓などの下働きの者を通じて噂を流したに違いない。小姓達が話したなら、騎士達もいずれ耳にし、大して疑問を抱かずに信じたことだろう。

「一体、何が目的で騎士団に入りこんだ！　主計官を殺したのも、お前か!!」

団長の激昂と彼が叫んだ内容に騎士達はどよめいた。

同時に、私は思わず悲鳴を上げそうになる。

無表情のクェーサーのもとに、闇の粒子がどんどん引き寄せられていたからだ。

私は、カシルが闇の精霊に取りつかれた時のことを思い出し、ヴィサ君から身を乗り出す。

集まった闇の粒子を散らすため、副団長が上空に向けて手をかざし、宙に大きな光の球を作った。

それは松明の炎とは違う、熱を持たない純粋な光の集まりだ。

光に照らされて闇の流入は止まったが、すでにクェーサーのもとに集まってしまった闇の魔法粒子は消えない。彼の周囲で、ゆらゆらと不気味に揺らめいている。

恐ろしいのは、その光景は他の騎士や団長には見えていないらしいことだ。

「なんとか言ったらどうなんだ！」

団長が剣に手をかけたのと同時に、私にはクェーサーから闇が噴出したように見えた。

彼の周りに黒い炎みたいなものが立ち上る。

闇が直撃した団長は、その場に膝をついた。

「団長！」

私の声は、騎士達の声に掻き消されてしまう。

光が、もっと光が必要だ。

私は必死に頭を巡らせた。

光の属性の持ち主は、この世界には圧倒的に少ない。メイユーズ国にいるのは王族かエルフふたりぐらいのもので、王族ですら、すべての者が光の属性を持っているわけではない。

ジグルトが光の属性か、私は知らない。

私も光の属性を持っているのだけど、どうやって活用していいのかわからない。それに、先ほど闇を切り裂くために力をたくさん使ってしまっていた。

「ヴィサ君！　あの闇を吹き飛ばして」

ヴィサ君がカシルから闇を振り払った時のことを思い出して叫ぶ。

「だめだ。今風を起こしたら、松明の火が城下に燃え広がっちまう」

ヴィサ君は忌々しそうにそう言った。

彼の柔らかい首元の毛を、ぎゅっと握る。

団長の周りには数人の騎士が集まり、団長を少しでもクェーサーから引き離そうとしていた。しかし、いつクェーサーが闇を暴走させるかわからない。

少しでもクェーサーの気を逸らさなければ――

大した考えもないまま、私は叫んだ。

「クェーサー・アドラスティア！」

名前を呼ぶと、揺らめく黒い炎の中から、クェーサーがぞっとするほど冷たい目で私を見た。私は怯えを悟られないよう、力強く言う。

「あなたにこの国は滅ぼせやしない。闇属性が、光にかなうとでも？」

時間稼ぎだと見透かすように、クェーサーは笑った。

「何かと思えば……親に捨てられた薄汚れた子供じゃないか」

ぼそりと彼が言った言葉に、私は身を震わせる。ほとんど聞こえるはずのない声量で、唇の動きが見えただけなのに、妙にはっきり、言われたことがわかった。

まさか、彼は私の正体を知っているのか。私が侯爵家から放逐された娘であると。

「君は、どうしてこんな国に執着する？　君を捨てた国だ。富む者だけがより富み、貧しい者は救われずに死んでいく。この国は本当に、君が守る価値があるのか？」

嘲るような声が、今度は確かな声量でしんと静まり返った広場に響く。

脳裏には、クエーサーに捕まる前に交わした彼との問答がよみがえった。途方もない無力感が私を襲う。

彼は絶対に他の意見を受け入れない。彼の闇に凝った目は、どんな光にも照らされることはないのだ。

どうしたらいいのだろう。

体が竦み、心が負けそうになったその時――

突然、王城のバルコニーから大量の光がこぼれた。

太陽に似た大きな光は、その場にいたすべての人の目を眩ませた。

「我が国の民を虐げることは、何者にも許さぬ」

その言葉と共に光を伴って現われたのは、引きこもっていた国王陛下と、そして海外に留学しているはずの王太子殿下だった。脇には、シリウスも控えている。

まぶしさに眩んでいた目が、吸い寄せられるように王子の姿に見入ってしまう。

懐かしい姿形。

忘れたくても忘れられなかった、別れた時とちっとも変わらない王子が、そこに立っていた。

「なんということだ……」

ジグルトは目を見開き、フラフラと椅子に座りこんだ。

あまりにも目映い光に接し、闇の粒子はその場に留まることができずに霧散していく。

大量の光の前で無力になったクェーサーの影が、騎士達に囲まれた。カノープスの肩を借りてようやく立ち上がった騎士団長はしかし、闘志を示すようにクェーサーに鋭い剣を向けていた。

ほっとしているのに、悲しいような、ちくりとした痛みが胸を刺す。

自分を仕事仲間として扱ってくれた、クェーサーの優しさが今は遠い。

痛みの理由を探すことを、私は無意識に拒否した。

何も考えず、事のなりゆきだけを見守ろうとした途端――

「自ら姿を見せたか、メイユーズの王！」

クェーサーは、突然跳躍した。

彼を囲んでいた騎士の肩を蹴り、小柄な影がバルコニーへ向かって飛んでいく。

「ヴィサ君！」

私の悲鳴に似た声に反応して、ヴィサ君がクェーサーに向かって咆哮した。

咆哮はそのまま突風になり、クェーサーを横から吹き飛ばす。

王城の庭の綺麗に刈りこまれた芝生に叩きつけられたクェーサーは、すぐに騎士に取り囲まれて見えなくなった。

王はクェーサーなど眼中にないという顔で、ただ弟——ジグルトだけをまっすぐ見下ろしている。

「ジグルトよ」

呼びかけに、ジグルトが顔を上げた。

「我々は、決して仲のいい兄弟ではなかったかもしれん。しかし、余は確かにお前を愛していた」

「何を……ッ」

ジグルトのぼんやりとしていた表情が一変した。

「あなたに何がわかる！　同じ王家の血を引きながら、生まれた順番が違うだけで、ただほんの少し生まれるのが遅れただけで、私はすべての権力から切り離された。その上己の力を試す機会すら得られず、ただ慈善事業に埋もれながら生きていくことを定められたのだぞ！」

慟哭は白い光の中にこだました。

誰もが無表情で、彼の叫びを聞いている。

自分の人生をどれだけ虚しく感じたとしても、国に騒乱を起こしていいということにはならない。

彼の姿が惨めであればあるほど、騎士達の胸には彼に踊らされた虚しさが染み入ったことだろう。

騎士団長の命を受けた騎士ふたりがジグルトを拘束すると、彼は項垂れて一言もしゃべらなかった。光に照らされたその影はまるで、操り手のいない人形のようにガクリと動きを止める。

王城に沈黙が落ちた。

そして、誰もが吸い寄せられるように、バルコニーに視線を向ける。

王族の証である光を放つ王と王太子は、あまりに神々しかった。

革新派に属し、クェーサーに踊らされたとはいえ望んでクーデターに参加した騎士達も、その圧倒的な存在感に完全に呑まれてしまっている。

「皆の者、迷惑をかけたな」

沈黙を破ったのは、シャナン王子だった。

「私は体調が思わしくなく臥せっていたのだが、侍医の尽力により、こうして再び皆の顔を見ることができた」

騎士達がざわつく。

王子は秘していた己の不調を自ら打ち明けたのだ。

しかし、微笑みはまるで天使のようで、しっかりと立つ彼の姿に病気の影は見当たらない。

王子のまっすぐだけれど少し強引な性格を知っている私は、あまりに立派な姿に思わず少し笑ってしまった。

「貴下らがここに集った理由は知っている。国民から国を任された我らを、そなたらは情けなく思っただろうか？　頼りなく思っただろうか？」

あまりに率直な言葉に、騎士達の間に気まずい沈黙が落ちた。

王子を所詮は子供と侮っていた者達も、ぎくりと肩を竦ませている。

己の放った言葉が広場の端に届くまで、王子はじっくりと待つ。その間、騎士達は己の浅はかさを噛みしめているようだった。

「貴下らの国を想う気持ちこそが、得難い宝だと私は思う」

――沈黙ののちにもたらされたのは、王子の慈悲。

優しい言葉に、そして慈しむような彼の表情に、誰もが息を呑む。

ああ、やっぱりこの人なのだ。

私はしみじみと感じ入る。

この人が、自分を闇から救い出し、進むべき道を与えてくれたのだ。

「貴下らには、これから自身の目で、国の行く末を見つめてもらいたい。気に入らなければ談判に訪れればよい。私は諫言を歓迎しよう。しかし、陰に隠れて交誼を結び、私欲で簒奪を企てる者に容赦はせぬ。それは決して、正義ではない。ただの国取りの盗人だ！」

あどけない王子の苛烈な言葉に、誰もが威圧されているのがわかった。

騎士達はただ立ち尽くし、王子の言葉を聞いていた。

「処分は追って知らせる。クーデターに参加した騎士すべてに、謹慎を申しつける。リチャード、あとは頼んだ」

王が宣言してバルコニーを去ると、強い光は消えて松明の光だけが残った。その炎を引き連れている団長の兵達が、立ち尽くす騎士達を拘束し、次々と武装を解除させていく。

「終わった……のかな？」

思わず気の抜けた声がこぼれる。

なんだか、とても疲れた。まだ知りたいことが山ほどあるのだが、今は襲いかかってくる睡魔に身を任せたい。

気づけば、私はヴィサ君の柔らかな頭に寄りかかり、意識を失っていた。

最近の無理が祟ったのか、私はそのあと、高熱を出して寝込んでしまった。もともと丈夫な体ではないのに、徹夜したり、魔導で力を使いまくったりしたので完全に許容量を超えたらしい。

王城は事後処理で騒がしくなるからと、ステイシーの家に帰されて七日ほど記憶が飛んでいる。

ようやく意識がはっきりしてくると、私を待っていたのはミーシャのお説教の嵐だった。

まだ幼いのに無理をしすぎだとこってり絞られ、少しでも起き上がろうとすれば、「あれはダメ、これもダメ」の厳しい指導を受けた。

ミーシャこそ体が弱いのだから、そんなに興奮しない方がいいと私は何度も言った。しかし、それが火に油を注いでいると気づいてからは、ただ黙って体を休めることに専念した。

ゲイルは毎日帰ってきて私を見舞ってくれるし、ミーシャはもちろん、屋敷の人達もみんな私に優しくしてくれる。

ただ、ひとりになると、時折クェーサーに言われた言葉が胸を刺した。

彼の言葉は小さな棘になって胸に留まり、いつまでも抜けないままだ。

今、こんなに幸せでも、私は過去の悲しみを忘れられずにいるのだろうか。

自分を疑ってはいけないと思えば思うほど、思考は深みにはまっていく。

クーデターから十日ほど経ったある日、ミハイルが見舞いに来てくれた。

ゲイルとミハイルのふたりの説明で、私はその時、ようやく事のあらましを知ることができた。

まず私を驚かせたのは、騎士団で副団長が行った演説について。

騎士団内で反乱分子のみを引き連れて王城前の広場に陣を敷いた副団長は、実は内密に団長から指示を受けていたらしい。

私と話していた時は、そんな様子はなかった。私に嘘をつく必要はないから、指示を受けたのは、多分集会の直前ぐらいだったのだろう。

直前に受けた指示を見事に遂行して危険な任務をひとりで成し遂げた副団長に、私は思わずため息をついてしまった。

副団長は保護と見せかけてジグルト殿下を確保し、城門に背を向けた形で城に向かって陣を敷いた。もし副団長に本当に反乱の意志があったのなら、もっと上手に陣を敷いたはずだ、とミハイルは笑う。

確かにそれはその通りで、軍というものは背後からの攻撃に滅法弱い。

三百年ほど前、優れた小国の参謀が大国の軍を破ったという、この世界で有名な話がある。その時用いられたのも、敵を引き寄せるだけ引き寄せて、背後から急襲する方法だった。

その戦以来、騎士が学ぶ戦術では必ず、山などを背後にして陣を敷くか、背後を警戒する部隊を置くようにとの教えがある。つまり、副団長はそれを無視して、敢えて背後に弱い陣を敷いていたのだ。おそらく、傭兵を追撃しながらやってくるであろう、団長率いる軍勢に負けるつもりで。

私達が合流した団長の私兵は、まず少数で王都に入り、市場のすみなどに立って王弟の私邸への物や人の流れを見張っていたらしい。団長の実家は国境沿いの辺境伯だ。この国の辺境伯は、他の貴族達と違い、領地で他国の侵略から国を守るための兵士養成を許されている。

彼らは傭兵達が去ったあとのジグルトの私邸に乗りこみ、捜索を行った。そこから出てきたのはジグルトが反乱の根回しのために送った書状への返事や、反乱のために集められた武具。ジグルトは傭兵達を難民と偽って屋敷に集め、虎視眈々とその時を待っていたのだ。

しかし反乱の罪により捕縛されたジグルトは、今は王城の塔の上にある王族専用の牢に入れられているという。

彼の財産などはすべて近衛が接収したそうだ。ジグルトの妻や子供達は実家に戻されたそうだが、今後の彼らの人生を思うと不憫だった。

そのあと、反乱軍に参加した騎士達は謹慎を解かれ、準騎士への降格処分になった。

それをよしとしない何人かは騎士をやめて実家に戻ったらしいが、多くは国王の温情に感謝して処分を受け入れたという。

私に言わせれば、反乱に参加しておいて降格だけだなんて、激甘な裁定と言えるだろう。

しかし何より私を驚かせたのは、彼らは今では王太子に心酔していて、その熱意は私設親衛隊を作るほどの盛り上がりを見せているということだった。

一度反乱を企てた者達の集団行動を認めることに難色を示す貴族もいるが、国王は事の推移を見守る構えだそうだ。

随分と懐の広い王様だな、と私は半分感心し、そしてもう半分は呆れた。

アドラスティア商会だが、反乱後に王都の治安維持隊が駆けつけたところ、店舗も倉庫もすでにもぬけの殻になっていたらしい。騒ぎが起こるのを避けるため、アドラスティア商会が裏で反乱に関わっていたことは秘密になった。

おそらく、今後の取り調べなどでおいおいその正体がわかっていくだろう。

相手は、世界各国に支店を持つ巨大商会だ。武器の密輸元であった貧しい隣国テアニーチェの手先であるとは考えづらかった。おそらくアドラスティア商会には、メイユーズ国の侵略以外の目的があったに違いない。

何せクェーサーが関わっているのだ。彼がこの国を異常に憎んでいることと、きっと無関係ではないのだろう。

「それはそうと」

ベッドに座りながら話を聞く私に、ミハイルは言った。ゲイルがお手洗いにと席を立った時だ。

「お前、あの時一体どんな魔導を使ったんだ？　武器もなく音もなく、どうやって傭兵達を無力化させた？」

言い逃れはできないぞと追いこむように、ミハイルが身を乗り出してきた。彼の金色の目には、何がなんでもからくりを聞きだしてやるという意思が宿っている。

後ろ暗いところを指され、私はぎくりとした。

あのあと、捕縛された傭兵達は魔導石を採掘する鉱脈での強制労働が決定したという。

諍いを生業とする彼らは、世間から忌み嫌われている。処刑を免れただけでも、温情裁定だ。

しかし傭兵というのは貧しい国から出稼ぎでやってくることが多い。もしくは、亡国の兵士達だ。国に帰れば、おそらく彼らにも家族がいるのだろう。そう思うと、彼らを助ける方法もあったのではないかと、私の心は揺らいでしまう。

「毒を使ったのか？　なんだろうと責めないから、教えてくれ、リル」

私が落ちこんでいると気づいたのだろう。ミハイルが言葉を和らげた。

それでも、まだ聞き出す気は満々のようだが。

別に隠す必要ない。ただ、私がその罪と向き合うのが恐いのだ。たったあれだけで、たくさんの人の運命が変わってしまった。

勇気を出して、私は言う。

「大したことじゃないよ。毒なんて撒いてない。ただ、あるはずのものをなくしただけ」

「あるはずのものを？」

謎かけのような私の言葉に、ミハイルが眉をひそめた。

「そうだよ。それは、空気」

あの時私は、音――すなわち空気の振動を操れるヴィサ君ならば、大気も操れるのではないかと考えた。

どんなに屈強な兵隊でも、酸素がなければ戦えない。ただ死を待つだけだ。

この方法を考えついた時、自分でも、なんて残酷なことを考えるんだろうと思った。

でも、傭兵達とミハイル達を戦わせるわけにはいかなかった。そうなれば、あれは本当に内乱になってしまっていただろう。

松明の火が先に消えたのは、酸素不足のせい。彼らの松明の火はまるでふたをかぶせられたアルコールランプのように、燃焼させる酸素を失い、消えてしまった。

傭兵達がばたばたと倒れたのも、そのせいだ。

薄くなった空気の中で、彼らはいわゆる高山病にかかったのである。おそらく三、四日で回復したとは思うが、突然の不調に驚いたことだろう。

それらについて簡潔に説明する間、ミハイルは難しい表情で聞いていた。そして私が話し終えた時、押し殺した声で言った。

「その話、他の人間には絶対するなよ」

彼の真剣な目に、私は黙ってうなずいた。

クーデターから一月が過ぎて、闇月——十一月の終わり頃にはミハイルとの授業も再開し、ステイシー家での日常生活を取り戻しつつあった。

騎士団で過ごした怒涛の日々が、まるで嘘だったかのように穏やかな毎日だ。

そう、私は騎士団をやめた。

というのも、従者をしていたクェーサーが騎士団の分裂を招いたことで、従者の制度自体が見直されることになったのだ。騎士団内部の情報操作を行うためにクェーサーが小姓達を利用していたため、彼らもすでに全員実家に戻されてしまったらしい。

そういえば、あの日をきっかけに本来の力を取り戻したらしいヴィサ君は、もういつでも大きなサイズになれるそうだ。でも、私の要望を受け入れて、今でもぬいぐるみサイズのままでそばにいてくれる。

小さい方がかわいいからだけど、それだけじゃない。というのも、力を取り戻したとはいえ、ヴィサ君は私の契約精霊。彼が本来の姿でいると、私の魔力を消費してしまうのだ。大した量ではなくても、常時消費されるとなると私の魔力が底をついてしまう。

それはおそらく、風の精霊の長であるという彼の強大な力が関係しているのだろう。

小さなシーサー似の姿をしていると、イマイチ実感がわかないけど。

窓の外で一心不乱に蝶々を追いかけている時など、特にそう思う。なんでもヴィサ君によると、動いているものを見ると追わずにはいられないのだそうだ。今度ねこじゃらしでも作ってあげようかしらと、私はひそかに企んでいたりする。

ヴィサ君を介して、叔父のシリウスはたまに手紙をくれる。

私は折を見て、そのあと、王宮はどうなったのか、そして王子の体調は大丈夫なのかという質問を書き、シリウスに送った。でも、すべては実際に会って伝えるという手紙が返ってきてしまい、何ももったいつけなくていいのに、ともやもやしている。

それでも、叔父様から体調を心配する手紙をもらえば嬉しい。彼から手紙が届くたびに私はいそいそと返信を書いている。

あれから、私にもちょっとした心境の変化があった。

『自分ひとりでは、結局、何もできない』と、至極当たり前の結論に至ったことだ。

あの事件が起こるまで、私は心のどこかでおごっていた。

『前世では、私はすでに大人だった』というおごりだ。

そのせいで、大人に助けを求めることを必要以上に避けていたし、主計室の書類の整理だってジガーとふたりで取り組むなんて無茶もしてしまった。

でも結局、それで私が役立てたことなんて、あんまりない。私は迷走し、叔父様や国王やその他の大人達の手の上で、転がされていただけなのだ。

ベッドの中でひたすら休養を取っている間、私は深く反省した。

私はもっと、自分がまだこの世界で六年しか生きていない、そして、人はひとりでは生きていけないということを自覚すべきなのだ。

休養の間、私は以前のように勉学に励み、さらに休養を終えたあと、医師の許可を得て剣も習いはじめた。

もちろん、剣といっても子供サイズのおもちゃみたいなものだ。ミーシャは私を心配して、今でも激しく反対している。それでも体を丈夫にするためには鍛錬が必要だということで、なんとか黙認してくれている状態だ。

それと、一緒に仕事をした縁で、ジガーにこの世界の商業形態について教えを乞うようになった。今は何より知識が欲しい。表面上は関係のないことのように思えても、将来何に繋がるかわからない。騎士団――王城に戻る術をなくしてしまった私は、いつか役立つと信じて、勉学や剣術に励むより他にないのだ。

ほんの一瞬だったが、あの夜に見た王子の立派な姿が私を支えていた。

王立魔導学園の初等部に入学できる十歳まで、あと四年。そこで五年学び、問題がなければ十五歳で高等部に上がることができる。

さらに卒業するには、どんなに早くても八年はかかる。気が遠くなるような時間だが、今は自分を磨くしかない。

ゲーム通りならば、王子は主人公が王立魔導学園高等部に入学する年に、ひとつ上の学年に編入してくる。主人公は私と同い年だから、それまであと九年。

さすがにその頃には男と偽るのは難しいから、折を見て、どうにか女に戻らねばならないだろう。

学園に入ったら、私は自分にそのつもりがなくても、もしかしたら悪役になってしまうかもしれない。どんなに努力しても、主人公に嫉妬してしまう可能性は否定できない。

それでも、あと九年経てば王子に会えるのかと思うと、心が躍った。

私なんて、目に留めてくれなくてもいい。王子が私のことを覚えていなくてもいい。

ただ一目会えて、少しでもお役に立てたら。恩返しができたら。

そんな、些細な夢。

でも、たったそれだけだって、私には人生を丸ごと賭ける価値のある願いなのだ。

月日は瞬く間に過ぎ、私は色濁月——十二月を二回経験した。

そして八歳になった年の光月——三月、驚くべき知らせがもたらされた。

それは、私を『王子の学友』にしたいという、王様の勅命だった。

＊
✣
＊

天蓋のついたベッドは、ひとり用とは思えないほど巨大だった。

そこは、王の寝室。歴代の王が眠り、そしてそのうちの幾人かが永遠の眠りについた場所だ。

曇天のため、窓から部屋に差しこむ光も薄い。

近づくシリウスの気配に気づいたのか、ベッドの主が体を起こした。

「気にするな。休んでいろ」

シリウスが声をかけると、ベッドの主は咳きこみながらかすかに笑う。

「ゴホッ……お前は優しいな、このような不甲斐ない王にも」

四隅の柱に括られたカーテンの陰から、痩せ衰えた王ギガロが陰鬱な表情を覗かせた。

この一年ほどで一気に老けたな。

見るたびに病み衰えていく王の姿に、シリウスは口にするつもりだった言葉を呑みこんだ。

「シリウス、そろそろ聞き分けてはくれぬか?」

「人を幼子のように言うな」

哀れな王の懇願にも、シリウスはただ静かに言葉を返しただけだった。

「余はそう遠くないうちに死ぬ。しかし、王子は未だ幼い。あれはまだ十歳なのだ。幼くして王冠を戴いた者の末路など、私よりもお前の方が詳しかろう」

確かに、シリウスが今まで見てきた幼い王達は、皆等しく虚しい勢力争いに巻きこまれた。成長してから実権を取り戻したり、賢い後見のおかげで無事に国を継ぐことができたりした者もいる。だが大抵は日夜身の危険にさらされ、死にはせずとも心を病んで歴史の闇に消えていく。

王子が長い眠りについている間に、王は気鬱の病にかかった。そしてそれは肉体をもむしばみ、王子が目覚めた今でも、改善の様子がない。

「しかし私は、初代の王に政治不介入の誓いを立てている」

シリウスはもう何度も繰り返したのと同じ返答をする。

しかし、王がそれで諦めることはなかった。

「介入などしなくてもよい。ただ幼い王子のそばで、金に目が眩んだ愚か者達を退けてくれさえすればよいのだ」

「魔導省の長官として、魔導を使った攻撃から守ることは約束しよう。しかし、それでは足りぬのだろう？　私は、我が子のために実の弟すら陥れ、牢獄に繋いだ者のようには王子を守れんぞ」

　シリウスの淡々とした指摘に、王は動揺するでもなく小さく笑った。

「手厳しいな。陥れたなどとは、人聞きの悪い。あれは確かに簒奪を企てていたよ。それはお前がよく知っているだろう？」

「ジグルトは確かに反乱を企てていた。しかしあの時、それが『今』だとは思っていなかっただろう。あれは、機を読むのがうまい子供だったよ。ただ、実の兄を過信していたのだ。一国の王が、ただ英明であるだけで名君たれるはずがない。兄が美しくない手段も使うと、どうしてわからなかったのだろうな。しかし、賢いお前ならば、穏便に事を済ませることもできたはずだ。にもかかわらず、お前は巧みに弟をけしかけ、なし崩し的に反乱を起こさせた。それもこれも、あとに残される王子のために」

「否定はしない。王座とは、決して綺麗なだけではない。幾人もの血を吸った、血塗られたものだ。それに座るには相応の覚悟が必要だと、余は父上に教わった」

　落ち窪んだ王の目が、ぎょろりとシリウスを睨む。

　存外に強いその視線に怯むどころか、シリウスは王を睨み返した。

「お前が王子を愛する気持ちは、よくわかる。しかしだからと言って、人質を取ってまで嫌がる相手を従わせるのが、お前のやり方か？」

「なんの話だ？」

王はとぼけ、老獪な顔をした。

シリウスは顔を歪める。

「ぬけぬけとよく言う。ルイのことだ。あれは、ただ少し聡いだけの子供に過ぎぬ。私を従わせるために、無理に王子の学友にしたな？」

「どうしてそんな子供が、シリウスにとっての人質となりえるのかな？　私は彼の有能さを見込んだだけだ。憶測でものを言うのはやめてもらおう」

病の苦しさを隠して微笑む王が、言葉に反してシリウスに脅しをかけているのは、明らかだった。

王は、シリウスが自ら迎えに行くとまで言った主人が誰なのか知らない。

しかし、シリウスが気にかけている少年がいることは、風の噂で聞いていた。そこで、シリウスの反応を見るために、その少年を王子の学友にすることにしたのだった。

そして、シリウスがまんまとくだんの少年について意見しに来たことで、王は自分のカンが正しかったことを知り、ほくそ笑んだ。

おそらくあの少年は、シリウスの主人と関わりを持っているのだろう。それにしても、美女にも財宝、地位にも名誉にも興味のない彼が、あんな他愛もない少年を気にかけているとは。

その事実は王にとって驚きだったが、シリウスを取りこむには好都合だ。残りの命は短い。王子を守るためには、手段など選んでいられなかった。

王の態度に、シリウスが眉をひそめる。

「ルイに何かあれば、お前とて容赦はしない」

「おお、恐ろしいな。しかし、余はどうせもうすぐ死ぬ身だ。容赦などもらっても、使い道はないさ」

自らのカンが当たったことに、王は高揚していた。

そして彼が高揚する分だけ、シリウスの機嫌は悪化する。

「死に逝く身ならば、大人しく聞き分けたらどうだ？　王子を守るために、関係のない者まで巻きこむな」

シリウスの言葉に、王は表情を豹変させ、激昂した。

「……何を聞き分けろというのだ？　このように無慈悲な死を待つしかない、哀れな人の身で！　我が子のことだ、可能ならば自らの手で守りたかった。しかし、それが叶わぬからお前に頼むのだ。お前にわかるのか？　志半ばで死に逝くしかない、人の虚しさなど！」

叩きつけるように王は言った。

途端、シリウスの脳裏を無数の記憶が駆け巡る。

この部屋で、何人の王から糾弾されたことだろう。

長い歳月の中には、幾人もの王がいた。彼らは時には気高く国を治め、時には欲望に溺れて殺された。戦争で死ぬ者も、毒で死ぬ者もあった。幼い者も、年老いた者もいた。

みな、生まれた時からシリウスがずっと見てきた者達だった。

彼らとは時に兄弟のように過ごし、そして時に彼らはシリウスを親のように慕ってくれた。

しかし死ぬ間際、無限の命を持つシリウスを妬む者も少なくなかった。

――この王にも、その時が来たのか。

名君として知られる彼が、これほど追いつめられた姿は、見たことがない。

シリウスは人の命に対する虚しさを感じる。同時に、自分は彼らを見送ることしかできないのだという事実を、改めて思い出した。

シリウスは口を閉ざし、ただ背を向けて王の寝室を出ていった。

5周目　王子の学友

八歳の黄月——四月、王から勅命を拝して一月。私は、緊張を堪えてどうにか王城に出仕した。

しかし最初に通されたのは、王子のいる王太子宮ではなく、王城内の魔導省にあるシリウスの執務室だった。来客用の布張りのソファをすすめられ、シリウスの世話役であるユーガンにお茶を淹れてもらう。

身分に見合わない歓待ぶりが怖い。

彫刻の施された上質な執務机に向かうシリウスは、難しい顔をしていた。

やがて一礼してユーガンが去ると、私の上空でヴィサ君が騒ぎ出した。

『なんでお前のところに通されるんだよ！　リルは王子に会いに来たんだぞ』

わめくヴィサ君に、シリウスが冷たい一瞥で応戦する。

「今日はお前と戯れる気分じゃない。あとにしろ」

『俺が、いつ、お前と戯れたよ？』

私は話を進めるべく、ヴィサ君をなだめる。

「ヴィサ君。とりあえず今は話を聞こう？　あとで遊んであげるから」

『リルまで俺を小動物扱いする……』

不貞腐れたヴィサ君は、ひゅるひゅると降りてきて私の膝に座った。

「リル、大切な話がある」

基本無表情なシリウスが、こちらの様子をうかがうような素振りを見せる。

私が不愛想な叔父に会うのも、実に一年半ぶりだ。

正直、もう忘れられているんじゃないかと思うほど会えていなかった。

もちろん、折々で手紙を交わしてはいた。しかし、城に行きたいと打診しても、今はその時ではないとはぐらかされるばかりだった。

久しぶりに相対してみると、やはりその顔は神々しいまでに美しい。美しく、そして冷たい。私を気遣う文面の手紙をくれても、決して会いに来てはくれないシリウスに、わだかまりもあった。

王子についても、実際に会った時に話すの一点張りで、結局私は今日まで何も知らないままで時を過ごしてしまったのだ。私との約束など、シリウスにとっては長く放置できるほどの価値しかないのだろうと思っていた。

しかし、今のシリウスの憂鬱そうな顔を見たら、拗ねた気持ちもしぼんだ。何か私に話せない事情があったのかと心配になる。

「君が王子に会う前に、どうしても言っておかねばならないことがある」

シリウスはそう言うと、私の背後にある扉に目線を向けた。

「入れ」

シリウスの声に応じて、ガチャリとドアが開く音がした。

反射的に振り向いてしまいそうになるのを、貴族のマナーを思い出して堪える。

毛足の長い絨毯は来訪者の足音を消してしまうが、誰かが私のすぐ横まで来たのは、気配でわかった。その人物は私の前に出ると、振り返って一礼する。

「久しぶりだね、ルイ」

私に声をかけてにこりと微笑んだのは、紫色の巻き毛で、燕尾服に似た黒の礼服を着た、麗しい美少年だった。初めて見る顔だが、私は彼を知っていた。

彼は攻略対象のひとり。ベサミ・ドゥ・テイト、その人だった。

「は、はじめまして」

私は立ち上がり、ひとまず礼を返す。

彼は非常に珍しい、人と精霊のハーフ。おまけに、国内の有力貴族である伯爵の子息のはずだ。

しかし、彼と今世で出会った覚えのない私は、戸惑ってシリウスに視線で説明を求めた。

「リル、とりあえず座りなさい」

シリウスが私の本当の名前を呼んだことで、とりあえず警戒しなくてもいい相手なのだと思い、ソファに座り直す。

その間ずっと、ベサミは楽しそうに私を見ていた。楽しそうに――だが、どこか蔑むような目で。

「彼の名前はベサミ。現在は王子の世話役をしている」

「命じたのは君だけどね」

ベサミの発言を、シリウスは綺麗に無視した。

「リル。話さねばならないのは、王子のことだ。王子には現在、『時戻り』の魔法がかけられている」

「『時戻り』の魔法？」

初めて聞く言葉に、私は目を丸くした。

「とても難しい時の魔法だ。それは名の通り、時を戻す効果を持つ」

話の流れが掴めないまま、私はとりあえずこくりとうなずいた。

なぜ王子にそんな魔法がかかっているのか。危険ではないのか。副作用はないのか。

私の胸は困惑で満たされ、疑問ばかりが頭に浮かぶ。

「それをかけたのが、時の精霊と人間のハーフである僕ってわけ。まったく、シリウスってば無茶言うよね」

話の内容に反して、ベサミは気軽な口調で言った。

「ちょーっとルイ君で新しい魔導具試しただけなのにさ。ペナルティとしては重すぎるよ」

「ベサミ。リルはそれで死にかけたんだぞ？　少しは反省しろ」

シリウスの剣幕は恐ろしいのに、ベサミは素知らぬ顔だ。

私は自分の名前を呼ばれて反応したが、ベサミが言う内容にはまったく身に覚えがなかった。

「私で、魔導具をですか？」

「あれ、覚えてない？　二年くらい前、騎士団の解析室で、君にペンを渡したじゃない。カノープスとの訓練の時にさ」

「ええっとー……」

私の記憶が正しければ、あのペンを手渡してくれたのは『翁』だったはずだ。背中が曲がっていて、杖を持った老人。そういえば、魔力を暴走させたあとは一度も彼に会っていない。

「ああ、あの時とは見た目が違うもんね。今の姿が、本来の僕だよ。こっちはいわゆる仮の姿ってやつさ」

そう言いながらベサミの外見はみるみる老けて、言い終わる頃にはすっかり翁になっていた。

あまりのことに私が言葉を失っていると、隣でシリウスが咳払いをする。

「その件について、私はベサミにペナルティを科した。それが王子に『時戻り』の魔法をかけることだ」

次々とわけのわからない話をされ、私の頭はすでにパンク寸前だ。

「三年前、王子は瀕死の状態で私のところに担ぎこまれた。理由は――リル、君が一番よく知っているな？」

私はドキリとした。

やはりシリウスは知っていたのだ、私と王子の関係を。私達の悲劇を。

そして、王子が瀕死にまでなっていたなんて、そんなに悪いなんて知らなかった。

混乱と後悔と悲しみの中で、私はこくりとうなずく。

しかし、もう一度顔を上げるには、多大な勇気が必要だった。

「でも、王子は回復したのでしょう？　反乱の時、私はバルコニーに立つ王子を見ましたっ」

動揺（どうよう）がそのまま声になったような、震えた声で言う。

私は確かにあの時、王子の姿を見たのだ。私の部屋を訪れていた時と何も変わらない王子が、立派に立つ姿を。

「君は、おかしく思わなかったのかな？　あの歳の子供が、二年近く経って同じ姿なんてことがありえる？　身長も伸びず成長もせず、髪型も変わらないことが普通だと？」

ベサミが笑いながら私の顔を覗きこんだ。

その言葉に、私は愕然（がくぜん）とした。

遠くから見ただけだから、身長まではわからない。でも私は、王子を『あの頃とまったく変わらない』と思ったはずだ。顔も、髪型も、そして声も。

困惑で事態が呑みこめない私をよそに、いつのまにか本来の姿に戻ったベサミは言う。

「あの反乱の晩、僕はそれまで眠り続けていた王子に魔法をかけた。それは彼が眠りにつく前まで、時を巻き戻す魔法だった。そこで王子を、眠りの原因である君に出会う前まで戻した」

私は一瞬、意味を理解できなかった。

だって、そんなことが可能なのだろうか？　王子ひとりの時を戻すことができる魔法なんて……

さらに、重苦しいため息のようにかすかな声で、シリウスは言う。

「本来は彼が君に術を施す前に戻せばいい。だが、君の記憶が残っていたら病に臥す君を気にかけたり、齟齬が起きやすくなったりと不都合だ。そのため君に出会う前に時を戻している。つまり、今の王子は君のことを何も覚えていない」

「え？」

私は椅子に座っていたのに、上も下もわからないような闇に突き落とされた気分になった。

「心して、おきなさい」

シリウスが哀れみの目で私を見ていた。

その目が、これは現実なのだと――それもとびきり残酷な現実なのだと、知らせていた。

「そして、『時戻り』の魔法を施された者が命を維持するには、体の時間が進まないよう、一日分の時間を戻す魔導を毎日かける必要がある。それを王子にかけているのもベサミだ。その制約のため、王子はこれからもずっと七歳の姿を保ち続ける。王城の者には、王子は体の成長が止まる病にかかっていると伝えているが、箝口令を敷いているため、城内でも口にする者はいないだろう」

シリウスは説明を続けてくれたが、私は衝撃が強すぎてあまりよく聞いていなかった。

確かに、私は王子に覚えていてもらえなくてもいいと思っていた。

でもまさか、本当に忘れられてしまったなんて。

いや、忘れられるどころか、なかったことにされているなんて、思いもしなかった。

語り継がれている王子のあの晩の雄姿の裏には、そんな事情が隠されていたとも。

「学友の話は、王が是非にとお前――ルイ・ステイシーを指名したものだ。リル。胸を張っていい。二年前の君の働きが高く評価されたのだから」

「私は、何もしていません」

反射的に、私は答える。

頭はまだ混乱の中にあったが、口が勝手に動いた。そっけないかもしれないが、ひどくうろたえていた私には、他に答えようがなかった。

うつむいた私の目に、心配そうに私を見上げるヴィサ君の姿が映る。

歩み寄ってきたシリウスの手が、ぽんと頭に置かれた。

「つらくなったら、いつでもここに来なさい」

冷たい手だった。人のものとは違う、繊細な指先。しかし不慣れそうに撫でる不器用な手。

平気だと言いたかったが、私はされるがままでうつむいていた。

ベサミの呆れたようなつぶやきが、妙に耳に残る。

「甘いね、君達は。僕はルイの面倒までは見ないよ」

シリウスに見送られて部屋を出たあと、私はベサミに案内されて王太子宮に向かった。

部屋を出て以来、黙って私を先導していたベサミだったが、王太子宮の回廊に入るなり振り返る。そして、私をまっすぐに見て言った。

「君がシリウスと関係を持っているのは、王太子宮の中では僕しか知らないし、誰かに言うつもりもない。無用な諍いを起こしたくなければ、君も黙っているのが賢明だよ。特別扱いをご希望なら、話は別だけど」

巻き毛の美少年は、そのかわいらしく甘い容貌の割に辛辣だった。

もとより、出自を隠したい私は、シリウスとの関係も公にする気はない。しかし、彼のその物言いには引っかかりを感じた。

「諍い……ですか？」

「王子の学友なんてものは、将来の勢力図を決めるライバル同士だよ。騎士団の小姓制度がなくなった今、貴族達はより一層、そこに自らの子息をもぐりこませようと必死だ」

忌々しそうに、ベサミは舌打ちした。

「君は軽く考えているかもしれないが、陛下が勅命を出すなんて、常にないことだ。貴族達は皆、君に注目している。元平民で養子の君が王太子の学友に召されるなんて、常識的に考えられないことだ。今いる学友達がどういう行動に出るか、少し考えればわかるだろう?」

ベサミは私を見下すように言った。

私は騎士団にいた頃の彼を少なからず知っている。でも、あの時の好々爺といった風情の翁はどうしても目の前の彼とは結びつかなかった。

シリウスから聞いたのでなければ、きっと信じなかっただろう。

ヴィサ君は私の隣に浮きながら、尻尾をピンと立てた上に牙を剥き出しにして、ベサミを威嚇している。

そのせいか知らないが、長い回廊に外から風が吹きこんだ。

風に吹かれながら、ベサミは続ける。

「……もし、地位や名誉を求めてここへ来たのならば、今すぐ帰ることだ。痛い目を見ることになる。それに、君がどれほどの魔力を持っているかは、僕が一番よく知っている。

君の魔力は未知数。得体の知れない存在で、その上、連れている精霊の力も段違いに増しているようだ。僕は王子のそば仕えとして、君を警戒しなければならない。わかるね？」

私は慎重にうなずいた。

しかし、彼の語った言葉のすべてに同意したわけでは、決してない。

「私はこの国の民として、王の命に従ってここに来ました。地位や名誉とおっしゃいますが、養父にはこの件について反対されております。それでも参内したのは、ひとえに将来王太子殿下にお仕えしたいという私の強い希望あってのことです」

私はベサミを睨みつけて啖呵を切った。

それは最初が肝心だという思い以上に、私が地位や名誉が目当てでここに来たのだと言われたことが耐えがたかったからだ。

養父母であるゲイルとミーシャは、今回の件について猛反対している。養子の私が王子のそばに行けば、彼らにも何かしら利があるかもしれないのに。

現在、王子の周囲を固めているのは、国内の有力貴族の直系の子息達。子爵家の三男である自分の子が行けば、どういう扱いを受けるかわからないと、ゲイルは心配していたのだ。それを聞いた時、私はゲイルにそんな話をさせてしまったこと自体が、悲しかった。

私の実家は国内の有力貴族とやらである。

でも私は、断然ステイシーの家の方が好きだ。大好きだ。

どこの誰とも知れないみすぼらしい子供だった私を引き取ってくれた彼ら。あの冷たかったメリスの家と違って、どれほど私を幸せにしてくれたか。

だからこそ、私は必要以上にベサミの言葉に反発してしまった。

「新しく来た者への抵抗や排斥(はいせき)は、どこに行っても多かれ少なかれあるものです。ならば私は私の望む場所にあることを望みます。けれどもし——殿下ご自身が去れとおっしゃったなら、私は大人しく姿を消しましょう」

私の言葉にベサミは黙(だま)りこんだ。そして、しばらくは品定めをするように私を見下ろしていたが、やがて気が済んだのだろう。振り返り、再び前に向かって歩きはじめた。

しかし長い回廊の途中、彼は唐突に口を開いた。

「意気込むのも結構だけど、王宮は騎士団以上に地位や権力がものを言う場所だよ。そして貴族達は、人の足を引っ張ることにばかり情熱を傾けるような、下劣な輩(やから)がほとんどだ。不本意に去りたくないのなら、充分に用心することだね。言っておくけど、僕の手助けは一切期待しないでよね」

冷たく言われはしたが、彼は多少なりとも気遣(きづか)ってくれたのだと、私は好意的に解釈することにした。ゲーム内では、ふざけたり周りをからかったりするシーンが多かったベサミである。今回の態度はなんだか新鮮だ。

彼が王子のために私を警戒しているのだと思えば、不満を抱くことはできなかった。

むしろ事前に忠告をくれた彼は、貴族の中でも良心的なのかもしれない。

＊　✣　＊

王子及びその学友が集うのは、王太子宮にある学習室と呼ばれる場所だ。

なんだか予備校の一室みたいな名前だが、気にしてはいけない。

気にすべきは、初入室の私を学習室の外で出迎えたクラスメイト達のことだった。

それぞれ、名のある貴族の出身なのだろう。赤やピンク、あるいは青や緑だの、地球ではとんとお目にかかれなかった髪色の少年達が勢ぞろいしている。年齢にも幅があるらしく身長差や体格差は結構大きいが、最年少で一番貧相なのは間違いなく私だろうと思われた。

そして、学友達の先頭に陣取っていたのは、宵闇色のゆるくウェーブした髪と榛色の目を持つ、見知った人物だった。まさかこんなところで、再び相まみえることになろうとは。

「騎士団所属、ゲイル・ステイシーが嫡男、ルイ・ステイシー」

「はい」

名を呼ばれ、私はその少年をまっすぐに見つめた。

彼が最初に声をかけてきたということは、学習室の中でも相応の立場にいるということだろう。

「君が学習室に招かれたのが陛下直々のご命令だと、我々も聞き及んでいる。しかし、殿下と机を並べる学友とは、貴族の子息の中でも選ばれた者にしか許されぬ栄誉。我々は君をたやすく受け入れることはできない」

『何言ってやがる！』

他の人間には見えない省エネモードで私の頭の横を飛ぶヴィサ君が、雄叫びをあげる。

うん、ヴィサ君。とりあえず、私の耳元で叫ぶのはやめておこうね。

それにしても、彼らはそんな宣言をするために、揃いも揃ってわざわざ部屋の外で私を待ちかまえていたのか。ご苦労なことだ。

どこへ行っても最初はこういう反応か。

予想してはいたが、あまりに強い拒絶に私は内心でため息をついた。

「では、私にどうしろと？」

冷静に尋ねると、彼の後ろにいる少年達が顔色を変える。すぐに、生意気だとか元は平民のくせにとか、私にとっては耳タコな言葉を声高に叫びはじめた。

ああ、うるさい。どうして気位が高い子供は、こうテンプレな反応しか返せないのだろう。私の苛立ちは増した。

その時、私の発言にひとりだけ顔色を変えなかった宵闇色の髪の少年が、口を開いた。

「学習室に参加する者は、殿下に贈り物を献上するのが通例となっている。その内容如何によって、我々は君の存在を容認しよう」

ふん。あんたらの許可なんかなくても、私は王様の命令でここにいるんですからね。

そう言い返してやりたかったが、それでは押し問答になってしまうのが目に見えていた。学習室で余計な騒ぎを起こせば、過ごしにくくなるだけでなく、王子に迷惑がかかってしまう。もちろん、義父であるゲイルにも。

口から罵詈雑言をこぼしてしまう前に、私はそっけなく了承の意を伝えて回廊を引き返した。

『リル、なんであいつらに言い返さないんだ？』

さっきから低く唸りっぱなしのヴィサ君が、消化不良気味に私に尋ねてくる。

『王の命令であそこに行ったんだろ？　今からでも、あんなガキども吹き飛ばしてやろうか？』

ずっとまとわりつくヴィサ君を振りきる勢いで、私は歩いた。

右左右左。そうして交互に足を突きだしていけば、自動的にあいつらから遠く離れることができる。

やがて充分に学習室から離れ、王太子宮からも離れた場所で私は立ち止まり、大きく息を吐く。私は胸の苛立ちをどうにか堪えようと、必死だった。

『リル？』

心配そうなヴィサ君が私の顔を覗きこんできた。私はそのもふもふな毛玉を乱暴に抱きしめる。

別に、他の貴族の子供達に排斥されることなど、目に見えていた。むしろ、どうやって言い負かしてやろうかと、楽しみにしていたぐらいだ。

でも、今日の私にはそんなことをする余裕はない。この醜い感情を胸の中に押し留めるには、ただ彼に背を向けるより他になかった。

向こうはどうやら、一度顔を合わせただけの私を覚えていなかったようだ。

好都合なはずなのに、私はその事実に打ちのめされていた。

私を嫌っていた義理の母親によく似た、宵闇色の髪。おそらくは父親似なのだろう、理性的な榛色の日。

あの少年達の最前列で、私を受け入れられないと言い放った少年。

彼こそ、私の実家であるメリス侯爵家の次男。腹違いの兄に当たる、アラン・メリスその人だった。


学習室に行くと言って家を出た手前、すぐにステイシー家に帰るわけにもいかない。

私は馴染みのある騎士団の寮の食堂に顔を出すことにした。時刻は太陽が中天から少し傾いたところ。昼のあわただしさが過ぎ、食堂は閑散としている。

食堂には、三十四になったはずの髭面の料理長がいた。久しぶりに会った彼は、私の顔を見るなりあたりを見回した。

「どうしたの？」

「いいから、こっちに来い！」

声を殺した彼に連れられて、私は料理長だけに特別に与えられている休憩室に引っ張りこまれた。

「ルイ。久しぶりだなあ！　元気だったか？　王子の学友になるって噂では聞いていたけど、本当だったんだな」

そこでようやく見慣れた豪快な笑みを浮かべた料理長は、私を抱き上げて髭面をズリズリしてきた。

痛い痛い。その上セクハラである。

「ちょ、離して！」

私の悲鳴に、料理長はガハハと笑う。

「不義理しやがって。あの晩からとんと現れなくなるわ、小姓も従者も廃止だわで、心配してたんだぞ？」

あの晩とは、反乱の起きた日のことだろう。確かにあの日以来、私は一度も城に上がることはなかった。笑顔なのに涙目で言う料理長に、こちらは照れ笑いで謝罪する。

「ごめんなさい。あの日から、ちょっと体調を崩してしまって。でも今はすっかりよくなったから」

嘘ではない。ハードワークが原因で、あの日以来しばらく寝付いていたのは本当だ。

「そうなのか。それにしても、お前が学友に選ばれるなんて、驚いたぞ。学友の制服も似合って……あぁ、言い忘れてた。王太子殿下の学友が気軽に厨房くんだりに来るもんじゃない」

料理長に注意され、私はこの部屋に連れてこられた理由を知った。

彼は私に悪い噂が立つのを恐れて、ふたりで話すためにここまで連れてきてくれたらしい。学習室にも入れない今の私にとっては、その気遣いはありがたいやら虚しいやらだったが。

「ありがとう。でも、前みたいにいろいろな料理を作りたいし、またここにお邪魔してもいい？」

上目遣いでお願いすると、料理長は苦笑しながら了承してくれた。それも、「敵わないな。こっそり来るんだぞ」というお言葉つきで。

失礼な。別に私は料理長を脅したりはしてないぞ。

「それで、今日も新しい料理を作りにきたのか？」

目を爛々と光らせる料理長に、私はどうしようか一瞬答えに詰まった。

ここに来たのは料理を作るためではなく、気晴らしだった。

「それとも、他の学友様と何かあったか？」

私の表情から察したらしい料理長が、優しい表情で尋ねてくる。

そんなに顔に出ていただろうか？　不思議に思って料理長の顔を見ると、苦笑いで返された。

「あの気位の高いお坊ちゃま達なら、何を言ってくるかぐらい想像がつくさ」

そういえば料理長とは、従者時代に小姓の子供達に追い回されている最中に出会った仲だ。新天地での私の窮状は、たやすく想像できたらしい。

そのまま、ちょっと待ってろと言って部屋を出ていった料理長は、小メニラ——五分ほどで息を弾ませて戻ってきた。彼の手には、一枚のお皿が乗っている。

「今日の夕食のデザートだ。できたてだから、火傷しないようにな」

そう言って彼が差し出してきたのは、木の実を砕いてシュガ石の削り粉——砂糖で固めた、ヌガーに似たお菓子だった。キャラメリゼされたシュガ石の削り粉がまだ固まりきっておらず、柔らかくてちょっぴり熱い。

「ありがとう」

私はそれを、ふぅふぅと息を吹きかけて冷ましながら食べた。

そしてその間に、なんとなく先ほどの出来事を話してしまう。誰かに相談するつもりなどなかったのに、久しぶりに料理長に会って油断したらしい。

「また、そんなばからしい条件を……」

料理長が呆れたように宙を仰いだ。

よかった。彼らの条件に呆れてしまうのは、私だけではないらしい。

「でも、ルイの家はあのステイシー家だろ？　本家は子爵様なんだから、出入りの商人にでも何か見繕ってもらえばいいじゃないか」

料理長の提案は真っ当だが、私は首を縦に振ることはできなかった。

なぜなら、私はこんなくだらないことでゲイルにお金を使ってもらいたくなかったからだ。ただでさえ、従者時代にテリシアを巨大化させた件でたくさんの迷惑をかけている。これ以上彼を煩わせることは避けたいのだ。

私がその旨を話すと、料理長は難しい顔をした。

確かに、王子に献上するのに、お金がかからないものを贈るのは難しいだろう。それが悩ましい。

けれど実は、私は王子が確実に喜ぶものを知っている。

なぜならゲームの中で王子の好感度を上げるために、プレゼントを贈るイベントがあったからだ。そのプレゼントは、星葡萄の実、カネアカシの花束、そしてヒロインが自ら刺繍したハンカチの三つ。

これらのアイテムならば、王子を喜ばせられるのは間違いない。ちなみに、前のふたつはゲーム内オリジナルの植物である。そして、どれもそれほどお金がかからない。

しかし………それらは、あの学友達は納得しないだろう。それほど珍しいものではないし、最後のハンカチに至っては、刺繍はヒロインが刺さないと意味がない。

「ううん……。なんとも、難問だな」

料理長は私と一緒になり、しゃがみこんで首をひねっている。

「珍しいお菓子はどうかな」

私の提案に、料理長は難しい顔をした。

「確かにルイの料理は美味しいし、珍しい。しかし、王子が相手となるとな……」

「何か問題があるの？」

「王族に対する初めての献上品に、食材を選ぶことは、まずない。新種の珍味ならそういう例もなくはないが、なんせ口に入るものだからな。余計な疑いを持たれかねん」

なるほど、毒物とかそういう意味ですか。

それならば確かに、口に入るものは候補から外すべきだろう。こちらに何も後ろ暗いものがなくても、王子に食中毒でも起こされたら堪らない。

「お前、料理の他に何か得意なことはないのか？　細工とか音楽とか」

料理長が身を乗り出して聞いてくる。その目は、期待にきらきらときらめいていた。

おいおい。いくら乙女ゲーム転生をしたからって、前世の私がそんなにハイスペックなはずないだろうが。細工なんて焼き物体験がいいとこだし、楽器は鍵盤ハーモニカでネコふんじゃった止まりだわ。

「あ……！」

私の脳裏にあるものが浮かんだ。

この世界になくて、価値がありそう。そして、私の手でも作れるもの！

「ありがとう、いいこと思いついた！　また来るね」

言うや否や、私は料理長の休憩室を飛び出した。

そういえば、やろうと思ってまだやってないことがありました。

数日後、リボンをかけた箱を持って、私は学習室に向かった。

あまり寝ていないので目はしょぼしょぼしているが、できあがったものを早く王子に見せたかったのだ。そして、あいつらにも。

「王太子殿下！」

私はちょうど学習室に入ろうとしていたシャナン王子を呼び止めた。タイミングよく、他の学友はいない。

王子の前まで来て、ハアハアと切れた息を整える。

彼の姿を見たのは反乱の日が最後だ。

いや、こんなに間近で見るのは、三年前にメリス家で別れた時以来だった。

艶が出るまで梳られた、金色の髪。静謐な湖を思わせる、青緑色の目。

シリウスが言っていた通り、その姿は本当にあの日と何も変わっていなかった。身長も、私だけが三年分成長したことを表すかのごとく、差が縮んでいた。いつか、王子の背丈を追い抜かす日が来るのだろうか。そんなこと、私は耐えられそうにない。

王子の姿に衝撃を受けた私が、思わず言葉を失くしていると、ベサミが王子を守るように前に出てきた。

「許可もなく殿下に声をかけるとは。ルイ・ステイシー。立場を弁えよ」

ベサミが冷酷な裁判官のように言い渡す。

それが、今の私と王子の距離だった。

「……お前か。父上が特別に呼び寄せた学友というのは」

じろじろと、私の内側まで探るみたいな王子の視線が突き刺さる。

何か言わなければと思うのに、私は言葉が出なかった。

私の部屋の窓辺に立ち、柔らかい笑顔で私を孤独から救い上げてくれた王子は、もうどこにもいないのだ。その事実を、改めて思い知らされる。

私がぐずぐずしている間に、異変に気づいた学友達が教室の外に出てきた。

たちまち、私達は身なりの整った少年達に囲まれる。

「お前！　殿下に何をするつもりだ」

アランではないが、学習室で年長らしい大柄な少年に、後ろ手を取られてひざまずかされた。

元より王子にひざまずくつもりでいたが、強制的にそうさせられれば、つまらない羞恥心が湧いてくる。私は顔を伏せて、王子から許可が下りるのを待った。

幸い、すぐに王子の言葉が落ちてくる。

「面をあげよ」

彼の声の冷たさに、胸が冷えた。

「は」

見上げた先で、無表情な子供が私を見下ろしていた。

本当に三年前、共に時を過ごしたのだろうかと疑うほど、彼は私の知っているシャナン王子とは別人だった。

「用があるならば、手短かに申せ。もう、授業がはじまる」

「はい、王子に献上したき品がございます」

「そうか」

私の言葉を聞くと、王子はベサミに何か手で合図し、私や他の学友達を置いて学習室に入ってしまった。

置いてけぼりになった私は、呆気にとられて小さな背中を見送る。

「献上品ならば、私が預かろう。今後は軽はずみに殿下に話しかけたりはせぬように」

冷酷な裁判官の声音のままで、ベサミが私に言い渡す。

心に、杭が打ちこまれた気がした。

私など、献上品を直に受け取る価値もないということか。少なくとも、今の王子にとっては。

『好きの反対は無関心』とはよく言ったものだ。まさかひとひらの興味も向けてもらえないなんて、感情も表してもらえないなんて、考えてもいなかった。

私をあざ笑いながら、少年達が学習室に入っていく。

そこからどうしたのかは、よく覚えていない。私はどうにかベサミに献上品を預け、学習室には入らずにステイシー家に逃げ帰った。

一晩泣き明かし、翌日は連日の疲れと睡眠不足で一日中眠っていた。

起きてみるとすでに夕刻で、日はだいぶ傾いていた。

激しい虚脱感と、眠りすぎたことによるかすかな頭痛を感じる。

ヴィサ君の姿はない。今はどこかに行っているみたいだ。

静寂が耳に痛いほどだった。

昨日のことが、夢であればいい。ぼんやりしながら、淡い期待を抱く。

しかし、あの残酷な瞬間は間違いなく現実で、それは私自身が一番よく知っていた。

星葡萄の実、カネアカシの花束、ヒロインが自ら刺繍したハンカチ。

変な意地を張らずに、そのどれかにしておけばよかったのかもしれない。たとえ安価な品でも、元が平民だから仕方ないと開き直ることもできたのに。

今まで、誰にどれほど見下されようが、痛くも痒くもなかった。くだらないと腹の中で笑って、澄ましていられた。

でも、今だけはどうしてもダメだ。どうやって立ち上がればいいのかすら、思いつかない。

部屋のすみに、出しっぱなしにしていた道具達が虚しく転がっている。

私の手に合うように特別に作ってもらった、細い編み棒。そして、市場で見つけた綺麗に染め抜かれた強靭な糸。あとは研磨されただけの不揃いな魔石の欠片達が、沈みかけの西日を浴び、きらきらと光っていた。

「きれい……」

私は誘われるようにベッドを下り、それらの道具を手に取った。

そして現実から逃(のが)れるために、集中して糸を編んでいく。その糸にはあらかじめ、穴を開けた魔石の欠片(かけら)が通してある。

数日前、私が魔導石を扱う工房を訪ねると、職人達はみな、突然現れた子供に目を白黒させていたっけ。一度は子供の遊び場じゃないと追い返されたが、熱心にお願いしたら、魔導石の原料である魔石を研磨した時に出るクズを、たくさんもらうことができた。

主に土から掘り出される魔石は、あらかじめ属性が決まっているものと、属性のない透明なものに大別される。基本的に前者の方が価値は高く、色が濃ければ濃いほど良質とされる。反対に、透明度が増すほどに価値は下がった。

私はその透明な石のクズを集め、そこに自分の魔力をこめた。

魔石は魔力をこめることによってたやすく加工することができる。ひとたび魔力を流せば、液体のように柔(やわ)らかくなり、スライムみたいに形を変える。そうすることで、私はそれらひとつひとつに穴を開けた。そうして、プレゼントに必要なビーズを作った。

ゲーム内で、主人公が魔石から魔導石を生成するシーンがあって本当によかった。でなければ、私は未(いま)だに形の綺麗なビーズを求めて、市場中を駆け回っていたことだろう。

糸にすでに通してあるビーズを少しずつ編みこみながら、数を間違えないように編み目を数える。

これを編むには、根気が必要だ。

私は頭の中に勝手に浮かんでくる王子の冷たい態度の記憶から逃れるために、必死で編み棒を動かした。これに集中している間は、現実と向き合わなくて済む。

いくつかの昼といくつかの夜が過ぎた。その間、私は寝て編んでを繰り返す生活を続けた。

王子が私のことを覚えていなくてもいいと、思っていたはずだった。けれど、私はその残酷な現実と、なかなか向き合えないでいた。

ある朝、いい加減心配したミーシャに部屋から引っ張り出された。

数日間お風呂すらもサボっていた私は、まず浴室に放りこまれた。ミーシャは自らお風呂に入れると言って聞かなかったが、彼女はすぐに体調を崩すからと侍女に強制退場させられた。すっかり体力を失っていた私は、メイドさんにお風呂に入れてもらい、身支度を整えてもらってダイニングのテーブルに着いた。

目の前に温かく薄味の麦粥が給仕され、テーブルの向かいに座ったミーシャが、私の様子を見張っている。仕方なく、私は麦粥をのそのそと口に運んだ。

「おなか、いっぱいになった？」

　食べ終わった私に、ミーシャが聞く。

「……うん」

　いっぱいどころか今にもおなかが弾けそうだったが、それは言わないでおいた。

「そう」

　ミーシャは安堵のため息をこぼす。どうやら、随分と心配をかけたらしい。

「熱が下がったら、あなたが部屋にこもっていると聞いて、驚いたのよ。どうして、もっと早く知らせないのかしら」

　間違いなく、ミーシャがそれどころではなかったからでしょう。

「旦那様もずっと宿直で騎士団の寮でお休みになっていたのよ、まったく」

　いや、ゲイルを責めても、仕事なので当然だと思う。

「いい？　リル！」

「はい」

　ものすごい勢いでビシリと私を指さしたミーシャに、私は反射的に答えた。

　とりあえず、病み上がりなのだから安静にしていてほしい。彼女付きの侍女達は、背後ではらはらしながらなりゆきを見守っている。

「部屋にこもるなとは言わないわ。でも、食事はちゃんと取りなさい」

もっともどころかあまりにもわがままを許してくれたから、私は思わず呆気にとられた。

「お腹が空くとね、人間はちゃんとものを考えられなくて、悲しくなるのよ。だから、ごはんだけは食べなくてはだめ」

大切な秘密を話すように、ミーシャはずっと私の目をまっすぐに見据えて言った。その眩しさに、私は思わずうつむいてしまう。

年中体調が悪くて、思うように食事を取れないことが多いミーシャだ。その証拠に、彼女の腕は今にも折れてしまいそうなほど細い。

罪悪感と情けなさで黙りこんだ私を、ミーシャは心配そうな顔で覗きこむ。

「リル。あなたは、私達にとってはもったいないほどの子供よ。でも、少し真面目すぎる。もっとゆっくりと、余裕を持つことも大切よ」

肩に触れる手が温かい。

彼女の優しさに、私は泣きそうになった。その時――

「奥様」

そう言って寄ってきたのは、貫禄のあるステイシー家の家令だった。ゲイルが家を空けている間は、この家のことはすべて、彼が取り仕切っている。

「お客様です」

私を気にしつつ家令に連れていかれるミーシャを見ながら、私はぼんやりしていた。

まさかその客が私に関係あるなんて、露ほども思ってはいなかったのだ。

私は一度、自分の部屋に戻ったものの、しばらくしてミーシャと家令が揃って私の部屋を訪れた。

「リル、あなたに聞かなければならないことがあるの」

「お嬢様。光の魔石があしらわれた縁飾りについて、何かご存じでいらっしゃいますか？」

突然の質問に私は面喰らう。

「実は、先ほどからその飾りについてお尋ねのお客様が、何人もいらしておりまして。どうも、その飾りがついたドレスシャツを、王太子殿下が夜会でお召しになったそうなのです。そこで、流行に敏感な貴族の方々が、あちこちに遣いを出しているようで、貴族街はちょっとした騒ぎになっているのでございます。最近お嬢様が殿下に贈り物を献上していたとのことで、何か知らないかと……」

老齢の家令の言葉に、私は耳を疑った。

私が王子に献上したのは、以前そのモチーフをペンタクルにも流用した、オヤと呼ばれるトルコ伝統の縁飾り——つまりレースだ。

　多種多様な種類のあるオヤの中でも、ビーズの代わりに魔石のクズを加工した石を使ったボンジュクオヤ。奇しくも、家令の言う飾りと条件が一致していた。

　しかし、数日前の反応を考えると、王子があの飾りを自らつけてくれたなんて、信じられない。

　私がその飾りについての詳細を聞くと、家令は内ポケットからスケッチを出して見せてくれた。なんでも、尋ねに来た他家の使用人が置いていったらしい。コピーのないこの世界で、スケッチをばら撒いてまで探すなんて、並々ならぬ執念を感じる。

　そのスケッチに描かれていた縁飾りは、やはり私が編んだものに酷似していた。私は驚き、言葉を失くす。

　もともと、料理長と話していて『作れるもの』ということでオヤを贈ろうと思いついたのだ。

　魔導はあるにせよ、機械化が一切進んでいないこの世界では、手間のかかるレースは贅沢品。なので贈り物としてはおかしくない。男性である王子にレースは少し不似合いかもしれないが、世間に出回っていない新しい手法のレースならば、貴重品としての価値があるだろうと、精一杯豪勢に編んだ。自分で魔力をこめた魔石をあしらったのも、少しでも付加価値をつけるためだ。本当は様々な色を使った方が華やかになるのだが、余裕がなくて王族の光の属性をモチーフに黄色のビーズだけを使ったオヤになった。突貫作業で編んだ割には、我ながらいい出来だったと思う。

って、悦に入っている場合じゃない。冷静にならなくちゃ。

家令の話しぶりからすると、どうやらそれを贈ったのが私だとはまだ知られていないらしい。しかし、学友の前で堂々と献上したのだし、素知らぬふりをするわけにはいかないだろう。

大体、あれが私の献上品だと知らしめなければ、学習室への入室も認められない。それでは、本末転倒になってしまう。

うーん、もしあのオヤについて貴族がそんなに騒いでいるとすれば、追及は必至だろうな。流行を追いかける紳士淑女を舐めてはいけない。

でも、どうやって手に入れたかの言い訳なんて、まったく考えていない。遠い異国で手に入れたことにしても、元は平民だった子供が異国に行ったことがあるなんて厳しいだろう。

何より、そこがどこかも答えられない。なぜならトルコ共和国も、オスマントルコ帝国も、この世界には存在しないのだから。

うんうんと首をひねる私を前に、ミーシャも家令も困惑顔を並べている。

なんせ彼らは私が王子に何かを献上したことすら知らなかったのだから、その反応も当然だ。

ふと、私はとんでもない名案を思いついてしまった
それが可能になれば、様々なことがうまくいくだろう。あくまでも、希望的観測だが。

「その飾りのことを、私もちょっと知り合いに聞いてみます。なので、出かけてきますね」

いても立ってもいられず立ち上がると、その肩をミーシャに押し止められた。

「そんな、あなた、体は大丈夫なの？」

「はい。しっかりと休みましたから。ミーシャ、ありがとう」

そう言うと、私は心の中で彼を呼んだ。

『ヴィサ君！』

『お？　おう』

私が呼ぶと、さすがに風の精霊だけあって、ヴィサ君はあっというまに私の前に現れた。もちろん、ミーシャと家令には彼の姿は見えていない。

『一体どうしたんだ？　リル。もう大丈夫なのか？』

『うん。心配かけてごめんね。今から乗せてってほしいところがあるの』

私は素早く外出の用意を済ませ、部屋を飛び出した。後ろからふたりに呼び止められた気もしたが、その時にはもう駆けだした足が止まらなかった。

外に出た私は人目がないことを確認し、大型化したヴィサ君の困惑顔を完全に無視して、彼の柔らかな体に飛びかかる。

もういろいろありすぎてキャパオーバーだ。今はなんでも抱きしめたい気持ちなので、ヴィサ君よ、諦めて大人しく餌食になってくれたまえ。

『おい、本当に大丈夫か？　ダメなら俺があのオウジってやつ、噛み殺してやるぞ？』

『ばか！　絶対そんなことしないで』

私は特に柔らかい首の毛に顔を埋め、口には出さずにヴィサ君とそんなやり取りをする。

黄月でも夕暮れは肌寒い。私は薄手のコートで寒さから身を守りながら、ヴィサ君の背に乗って急いだ。

「おいリル、まだ寝てないといけないんじゃないのか？」

「大丈夫だよ。それよりも今は、早くやらなくちゃいけないことがあるの！」

大型化したヴィサ君は、ごうごうと空を飛ぶ。

へこんでいる間に存分に寝たので、眠気はない。ここ数日の気鬱がどこへ行ったのかと思うほど、気分は爽快だった。

またがんばる気力が湧いてきていた。そうしたら、じっとしてはいられない。

「なんせ、『幸運の女神様には前髪しかない』んだから」

つまりチャンスは通りすぎてしまったら、追いかけても掴むことはできないということ。

前世の世界で使われていた言いまわしだから、もちろんヴィサ君はそんなことを知るはずもないのだが。

「はあ？　そんなに奇抜な髪型の女神なんて、いたか？」

「いいの。こっちの話だよ」

そんな実のない会話をしつつ、目指した先は下民街。

私は人目のない場所でヴィサ君から降りると、手持ちの紙に急いで『隠身』のペンタクルを描いた。治安最悪の下民街をひとりで歩く勇気は、私にもない。

会いたい相手がいるのだが、実はその人が今どこにいるのかわからなかった。

とりあえず、私は記憶にある道を辿り、目的地へ向かった。

久しぶりの下民街は懐かしい悪臭が漂い、大通りは笑い声や罵声が織りなす喧噪で支配されている。そしてそこを一歩入れば、浮浪者が座りこみ、売春区からも出禁をくらったのだろう痩せこけた女達が、客を求めて立ち尽くしていた。

相変わらずひどい街だ。戻ってきても、ちっとも嬉しくない。

『鼻が曲がりそうだ』

小さくなったヴィサ君が、短い前足で鼻を押さえていた。なんだそれ、かわいすぎる。

大きいままのヴィサ君では入れないような路地をいくつも抜けて、私達が辿り着いたのは歪で巨大な建物だった。木造のそれは、無秩序に増改築を繰り返したのだろう。傾いたり揺れたりしていて、今にも倒壊しそうだ。見ていて不安になる。

その建物の名は『銀星城』。

子供の王が統治する、子供だけの城だ。

子供が銀の星に乗ってやってくるという言い伝えがもとになって名付けられたそうだが、それはこの世界の教会の教えとは異なる。おそらくは、下民街に広まった民間信仰なのだろう。

母のいた私には縁のない場所だったが、下民街に暮らす多くの孤児達は、ここで寄り添いあって暮らしている。私はここに、どうしても会わなければいけない人物がいた。

建物に入る前に、私は人目のない場所でペンタクルを描いた紙を破り、『隠身』を解く。

銀星城の前には幾人もの子供がたむろしている。同じ子供と言っても、病弱でほとんど外に出たことのなかった私は、下民街(げみんがい)の知り合いはいない。

一瞬どうするべきか悩み、しかし、このままではらちが明かないと私は彼らの前に進み出た。

「誰だ！」

年長らしい少年が、いち早く私の存在に気づき厳しい声で問う。しかし、私が子供だとわかるとすぐに警戒を解いた。

「見ない顔だな。どこから来た？」

周りにいた子供達が、幾人も集まってくる。私はできるだけ、心細そうな表情を心がけた。厚手のコートは脱いで物陰に隠したから、今の私は中にあやしまれないように着ていた粗末な服だけの格好だ。

あちらこちらで、「知ってるか？」「知らない」と、やり取りが繰(く)り返されていた。

私の顔を知っている子がいなくてよかった、と少しほっとする。なんせ、下民街(げみんがい)を出ていく前に、この街を壊しかけた身だ。

「王様に会いたい」

端的に用件を言うと、彼らは顔を見合わせた。

「銀星王には、そう簡単に会えねぇよ」

「いいから、住処に戻れ。もうすぐ夜が来るぞ」

彼らは警戒しながらも、親切心からかそう声をかけてくれる。

しかし、私も簡単には引けない。

「親に捨てられたの。だからここに入れてほしい」

私の言葉に、少年達は再び顔を見合わせた。


連れてこられたのは、銀星城の中でも奥に位置する、広い部屋だった。

おそらく集会場か何かなのだろう。ここに来るまでいくつも部屋を見たけれど、それらに比べて格段に広い。部屋の中心、目立つ場所に一脚の椅子がある。どこかから盗まれたものなのか、布の張られた高価そうな椅子だった。

おそらく、あれが王座なのだろう。

銀星城に入る子供は、まず城を統治している王に面通しし、そこで仕事を賜るらしい。ここの王は血ではなく力で決まる。つまり子供達を統率できるリーダーが、代々銀星王と呼ばれているのだ。子供達はそうやって共同体を作り、過酷な下民街を生き抜いていく。

夜が近づいてくると、寒さで体が震えてきた。体を抱きこんでぶるぶる震えていたら、近くにいた女の子が毛布をかけてくれる。汚れた毛布だったが、私は遠慮なくその優しさにくるまった。

しばらくして、部屋の外が騒がしくなる。おそらく、銀星王とやらが来たのだろう。

私は緊張で体を固くさせた。

相手をうまく納得させられたら、私は助かる。そしておそらく、ここに暮らす子供達も助かる。しかし、疑われれば、無事に帰れない可能性もある。

相手は子供でも、決して侮れない人物なのだ。

結構な賭けだが、私にはヴィサ君という強い味方がいる。大丈夫だと信じて拳を握りしめた。

通路から喧噪を連れて部屋に入ってきたのは、頭にターバンみたいに布を巻きつけた少年だった。バランスのとれた軽やかな体つきで、人垣の中にいても人目を引くカリスマ性があった。

「銀星王！」

私は立ち上がって叫んだ。

横で私を見張っていた少年が、驚いて私の口を手で押さえようとする。順序や礼儀を無視した暴挙に、銀星王を取り囲んでいた少年達が私の方を向く。

「あなたに話したいことがある。私は、あなたの秘密を知っている」

そう言った私を、王の鋭い視線が射抜いた。日本人に近いダークブラウンの目の鋭さは、子供とは思えないほどだった。

一瞬、時が止まったように部屋は静まり返る。しかし、すぐに我に返った少年達が怒声を上げた。

「わきまえろ、ガキのくせに！」

「早くそいつを放り出せ」

そう口々に言いながら、少年達が駆け寄ってきた。少年といっても、この世界の子供達の体は日本の子供に比べてかなり大きく、威圧感がある。

しかし、私はまっすぐに銀星王だけを見続けた。

これでだめなら、もう無理だ。彼以外にその話をしても理解されないことは、わかりきっていた。

「待て」

もう少しで取り押さえられそうになっていた私のもとへ、声がかけられる。

「お前達は下がれ。話を聞く」

銀星王は凛々しい声を響かせた。

「そんな」

「銀星王！」

口々に不満をこぼす少年達を、王は一睨みで黙らせる。

「俺の言うことが聞けないか？」

押し殺した声から発せられる威圧感に、部屋中の者が支配された。

「心配しなくても、俺がこんなガキひとりにやられるわけがないだろう」

銀星王のまとう圧倒的な空気を恐れて、ひとりまたひとりと少年達は部屋を出ていった。私を見張っていた少年も、そして私に毛布をかけてくれた少女も。

そしてふたりきりになると、王は無造作に王座に腰を下ろし、足を組んだ。彼の口元には、わずかに笑みが湛えられている。

「勘違いするなよ。少しでもつまらないことを言えばどうなるか、わかるな？」

そう言った彼はリンゴ似の果実をポケットから取り出し、シャキリと音を立ててかぶりついた。

少年達の足音は遠く去り、広い部屋に沈黙が落ちる。

最初に何を言えば興味を引けるだろうかと考える。しかし、ここはつまらない策など弄さずに、単刀直入に言うべきだと考え直した。

銀星王が私の思うとおりの人物だとしたら、彼は私が誰だか知った上でこの態度を貫いているのだ。

「ご忠告、痛み入ります。マーシャル子爵家長子、レヴィ・ガラット・マーシャル様」

膝を軽く曲げて貴族同士の挨拶をする私を、銀星王はさらに愉快そうに笑って見下ろした。

「ははっ、よくこんなところまで来たな。大した度胸だ、ルイ・ステイシー」

言いながら、彼は頭に巻いているターバンを解く。するとそこには、平民にはまず現れない、短く刈られた銀髪が光っていた。異国風に後ろ髪を一房だけ伸ばして結んでいるので、それがまるで尻尾のようだ。

彼こそ、恋パレの攻略対象で、王子の学友でもある、レヴィ・ガラット・マーシャル。

先日、学友達の中にいた彼を、私は見逃してはいなかった。ゲームのストーリーの中で、彼は過去に下民街の少年達の元締めをやっていたと話していた。

今の代の銀星王が彼かどうかは賭けだったが、兄のアランと同い年の彼は、成人と言われる十三歳を目の前に控えた十二歳。ならば、その可能性は高いと思っていた。

「それで、どうしてこんなところまで、わざわざ俺を訪ねてきた？　用があれば家に直接くればいいだろう。ステイシー子爵家の者なら、我が家だって歓迎したさ」

シャリシャリと果実を食べながら、レヴィは粗野な言葉遣いで言った。

実家は武門の名家であり、騎士団長の遠縁に当たる彼だ。落ち着き具合から見ても、一筋縄ではいかなそうである。

「実は銀星王であるあなたに、お願いがあるのです」

「願い？　言っておくが、ここで銀星王をしていることを知られても、俺は痛くも痒くもないんだぞ？　俺を脅して学友連中との仲介を頼む、とかいうつまらない願いはお門違いだ。もしそのつもりで来たのなら、無事には帰れないと思え」

願いと言った途端、レヴィの表情は冷めてしまった。

しかし、次の言葉の前置きとしては上等だ。

私は落ち着いて、その願いを口にする。

「いいえ。私がお願いしたいのは、取引です。私はここにいる子供達に、ある仕事を頼みたい」

「仕事？　へぇ、それはどんな仕事だ？」

レヴィは食べ終えた果実のヘタを放り投げると、前屈みになって手を組んだ。興味を持ったような彼の様子に、心の中でほっと息を吐く。

さあて、ここからが私のプレゼン能力の見せどころだ。

ゲームの中でレヴィを攻略するために好感度を上げると、彼が過去に悔いていたことを聞くことができた。その内容は、幼い頃に忍びこんで共に遊んだ下民街の仲間達を、むざむざと死なせてしまった悲しい過去。

下民街の子供の死亡率は高い。ある者は飢えで、ある者は病で、またある者は寒さで死んでいった、とスチルの中の彼は語っていた。貴族という身分でも、子供だった自分には何もしてやることができなかったと。

そこで「そんなことはない！」と言って主人公が彼を抱きしめるのだが、お約束のラブロマンスはさておき。

つまり、言葉は悪いが子供達の生活環境向上をエサにすれば、彼は釣れるはずなのだ。なんせ彼は、子供達の王なのだから。

「これに見覚えがありますか？」

ポケットから取り出したのは、昨日までやけくそで編んでいたオヤのうちのひとつ。

「ああ、うちの姉さま方が、血眼になって探している。やはり、お前の献上品だったのか」

彼には四人も姉がいて、彼は末っ子だ。

そのプロフィールも、私にとっては好都合だった。

「はい。これは遠い異国より流れてきた母から伝え聞いた、レース飾りです。現在、これを求めて貴族の方々は右往左往なさっているとか」

若干の嘘は大目に見てほしい。まさか前世のとある国のもので、と言うわけにはいかないのだ。

「男子であるお前にレース編みを？　随分変わった母なのだな」

レヴィは皮肉げに笑った。

私は彼の言葉に答える。

「父がおらず、病弱でしたから。せめても手に職をつけさせよう、という親心でしょう」

「それで、そのご母堂は？」

「死にました。流行病であっけなく。あなたはご存じのはずです。三年前に下民街で猛威を振るった病を」

「……ああ。それで幾人もの友が死んだ。しかしまさか、お前は――」

途中で何かに気づいたのか、レヴィの目が驚きで見開かれる。

その反応を、私は待っていた。

「ええ。ステイシー家に養子に入る前は平民だったということになっていますが、私は本当はこの街の出身なのですよ」

私はレヴィを動揺させ、そして自分が決して彼の敵ではないとアピールするために、敢えて自分の弱みを先にさらした。彼がこのことを学友達に話せば、私が学友として認められるのは、さらに厳しくなることだろう。

しかし、私は彼に賭けた。貴族でありながら下民街で子供達の王をやっている彼ならば、私を見下したりしないだろうと踏んだのだ。

レヴィは、何かを考えこむ顔になる。

私は彼の思案をあと押しするように言う。

「今、貴族達の間では急速にこの飾りへの需要が高まっています。ここまで言えば、おわかりになりますか？」

挑むように聞いた私を、レヴィは見返してきた。

「つまり、それをここのガキどもに作らせたいと。本気か？　お前になんの得がある」

「得があるか否かは、交渉次第でしょう。私にも事情がありましてね。酔狂だけでこんなことは言いませんよ。あなたもご存じのように、私はステイシー家の養子です。しかし騎士である義父のゲイルは、現在爵位を賜ってはいません。つまり、私は今両親に何かあれば平民に、もしかするとここに逆戻りなのです」

「それが、この件になんの関係がある？」

子爵家の跡取りであるレヴィは、不快そうに眉をひそめた。

狙い通りの反応に、私はほくそ笑む。

「私は自分に価値が欲しいのですよ。ステイシーの本家の方々が無視できないような、特別な価値がね」

レヴィはきっと、私を地位に執着する意地汚い子供だと思っただろう。それは、軽蔑するような彼の表情が如実に物語っていた。

しかし、一緒に商売をするのなら露骨なくらいがいい。綺麗事を並べても、話が嘘くさくなるばかりだ。

「……今、銀星城には百を少し超えるほどの子供がいる。全員を養う力が、そのつまらない飾りにあると？」

レヴィの問いに私はうなずく。

「ええ。ございますよ。そしてこれは、材料さえあれば子供にも編めるものです。なんせ私が編んだのですからね」

「フフ、殿下に手作りの品を贈るなど、お前はつくづく貴族らしくないな」

レヴィが皮肉そうに笑った。私への心証はよくないにしろ、提案には魅力を感じているのだろう。その証拠に、彼は未だに私に去れとは言わない。

「褒め言葉として受け取っておきましょう。それで、子供達の労働力を私にお貸しいただけるのですか？」

「待て。まず、資金はどうするつもりだ？　材料を集めるのも、ただではないのだろう？」

意外だ。この子爵子息は商売方面の知恵があるらしい。

私は感心しながら言った。

「そうですね。しかし、それは問題ないかと。近々私は、サロンにうかがって融資を募るつもりです。今ならば、貴族の方々は私の提案に飛びつくのではないでしょうか」

「貴族をパトロンにするつもりか」

「いいえ。将来性に投資していただくのではありません。あくまで、材料費の名目で商品より先に金銭を頂戴するのです。材料費を先にいただいて作品を制作するというのは、工房では珍しくないので。もちろん一人一人の出資額は少額なので、大量に生産するには大勢の方からご注文をいただく必要がありますが」

ひとりの貴族が芸術家を囲いこんで多額の資金を拠出する後援者は、子供主体の事業では信用を得づらい。また、その貴族の気分次第で援助を断たれかねない、というリスクがある。

私はそれを避け、あくまで先に大勢から小口で資金を集め、あとから商品を渡すという形を強調した。多くの人から資金を募る。なので、どちらかというとそれは株式に近い。工房の仕組みは詳しくは知らないのだが、ゲームで主人公が属していた魔導石ギルドは、そのような仕組みだったと記憶している。

私の言葉を吟味しているのか、レヴィはしばらく黙りこんだ。

日はすっかり暮れてしまった。窓から差しこむ月明かりで、ぼんやりとレヴィの姿が見える。

「だが、そんなことをすれば、工房ギルドが黙っていないのではないか？　工房を持つには親方の資格が必要だと聞いた。そしてそれを得るためには、長年の信用とコネが必要だとも」

さすがに長年下民街に出入りしているだけあって、レヴィの着目する点は貴族のそれとは大きく異なっている。私はそこを好ましいと思った。私の話を何も疑わないお坊ちゃまより、彼のような反応をしてくれた方が、やりがいもある。

「そんなのは簡単ですよ。そのあたりに、ひとりぐらい転がっているんじゃないですか？　金に困った工房の親方のひとりやふたり」

私はにやりと笑った。

かつて下民街にいた頃に私が住んでいたのは、母の仕事場の近くである売春区だ。そしてその売春区では、女にのめりこんで立場を悪くする男達も少なくはない。そうした男達は、平民であっても一様に堕落して、下民街へと落ちてくるのだった。その中には、工房を失ってはいるが、現在も親方の資格を持つ者も、少なからずいることだろう。

レヴィは黙りこんで思案を続ける。

私は判決の時を待つ気分で、彼を見つめていた。

「……フフフ」

しかし、彼は急に笑い出したのだ。堪えきれないとでも言うように。

かすかだったそれは徐々に大きくなり、やがてレヴィは立ち上がって大笑いした。

「はっはっはっは！」

何がおかしいのだろうか。私はわけがわからず怖気づき、一歩下がる。

「こんな場所にひとりで乗りこんできたかと思ったら、突然工房を作ろうと言い出すなんて。お前はつくづく、わかるようでわからん奴だ」

レヴィの言っている意味が理解できず、私は唾を呑んで彼を見守る。

「御託を並べずに、ただここの子供達を救いたいのだと言えばいいだろう」

「何を言って…！」

言いながら、レヴィは私に近づいてきた。

言い返すこともできず、私は彼の放つオーラに呑みこまれてしまう。彼が接近する分、
私はあとずさった。

ずるずると追いつめられ、壁に背中がぶつかる。もう逃げ場はない。

「自らの価値を高めたいのならば、それこそ飾りの製造はステイシーの領地で行えばいい。何もリスクを冒して、こんな危険な場所に踏み入ってくる必要はない。あと、特別なパトロンをつけないのは、こちらの権利を、延いては子供達を守るためだろう。パトロンの中には、労働者に不当な要求をする者もいる。俺がいくら腑抜けた貴族だろうが、それぐらいはわかる」

レヴィの目には凶暴な熱が宿っている。私は彼の言葉に答えられず、唇を引き結んだ。まさか、私の真意を見抜かれるとは、思わなかった。

「あと、自分が元は下民だったと俺にさらす必要は、果たしてあったか？　同じ学友である俺に、弱味を明かすリスクを負って、お前は一体何を得ることができるんだ？」

レヴィが間近に迫り、薄明かりでぼんやりとしていた彼の表情がはっきりと見えた。

彼のふてぶてしい笑みが、癪に障る。

「同じ？　私が同じ学友ですって？　学習室に入ることもできない私が？」

言い返した私を、レヴィは興味深そうに見つめていた。

「ばかにするのもいい加減にしてください。銀星王であるあなたが今すべきことは、私をコケにして追い返すことですか？　子供達に温かい食事を、充分な衣服を、そしてそれを手に入れるための職を与えようというのは、いけないことなのですか？　所詮、下民の子であった私では、彼らを哀れむ資格すらないと言いたいのですか？」

喉の奥から、言うつもりのなかった本音が溢れ出す。

ダメだ。やめたいのに止まらない。

冷静さを失ってはならないと、常々ミハイルに言われているのに。

ひと息で言い終わると同時に、はあはあと、私は肩で息をした。残ったのは、悔しさと虚しさだけ。

私の予想は外れたのだ。レヴィも他の学友達と同じ、ただ私を見下したいだけの輩だった――

失望していると、不意に、レヴィの指にあごをすくわれた。間近に焦げ茶色の目が光っている。

「いいだろう」

「はぁ？」

突然の答えに、そしてその距離の近さに、私は素っ頓狂な声を上げた。

「試して悪かったな。俺は真意を見せない奴が嫌いだ。でも、お前は面白い」

くつくつと、レヴィが喉で笑う。

私が呆気にとられていると――
むにゅ。
柔らかい感触を感じた。
う？
何か、くちびるに、あたって、いるよ？
思わず、腹話術の衛星中継ネタ風に、己の状況を把握する。
『黙って見てりゃ、リルに何してやがんだこのヤローーーーッッッ！』
右上あたりから、ヴィサ君の怒りの咆哮が聞こえた。
あ、そういえばここに入る前に、絶対黙っていてねと厳しく言っておいたんだった。
おかげで、存在を忘れかけていたよ。
それにしても、レヴィさん。なんで私にキスなんぞしてくれちゃってるんですかね？
唇から体温が離れていく。
そして、レヴィが自分の唇をぺろりと舐めた。こんな十二歳は嫌だ。
「お前、気に入った。同じ学友のよしみだ。その堅苦しい言葉遣いはやめにしろ」
知らんわ。そっちこそ、よしみを感じるなら命令形やめろ。
私は服の裾でごしごしと唇を拭った。

こいつ、私が男だってちゃんと理解してるか？　いや、実際は女だけれどもさ。

「ならとりあえず、離れろレヴィ」

押し殺したつもりだったが、声にはしっかり殺気がこもってしまった。

＊　❖　＊

そのあと。

レヴィの協力もあって、子供達によるオヤづくりは結構うまくいっている。

オヤづくりの仕事を下民街（げみんがい）に広めたら、かなりの子供達が乗り気になった。今は手先の器用な女の子達に、安い糸で編み方を教えているところ。子供達だけで生活しているからか器用な子が多いし、普段針仕事をしている子達もいるので、覚えは速い。

男の子達にはそのうち、糸の染めやビーズの加工をやってもらいたいと思っている。そのためにレヴィにお願いして、今は彼らを染色工房やガラス工房へ奉公に出してもらった。

資金の調達については、レヴィの実家であるマーシャル子爵家も結構協力してくれている。それは別にレヴィが頼んだのではなく、彼の四人の姉達が熱烈にオヤを欲しがっているかららしい。

やはり、女性は飾りものが好きなのだ。私はその話を聞いて、サロンでの営業をする前にまずは目ぼしい令嬢達に手紙を送った。令嬢のリストは騎士団副団長の従者時代、彼宛のファンレターを整理した際に自ら作ったものである。

何がいつ役に立つかわからない、とはこのことだ。

私は下民街で適当に見つけた親方の名前を使って手紙を送ったのだが、すべて三日以内に返事があった。予想よりも反応が大きくてびっくりだ。資金集めはなんとかうまくいきそうである。

いい品を作るには、清潔な作業場と労働者の生活保障も大切だ。そう言って材料費にプラスしてちょっぴり初期投資をお願いしているが、結構快く出してもらえている。銀星城に暮らす子供達の生活環境も、少しずつ改善しつつある。

それと並行して、私は王子に献上したものと同じオヤを作り、学友達に見せた。そうしてようやく学友として認められ、学習室への入室が許可されたのだ。

いくらか難癖をつけられたりもしたが、入ってしまえばこっちのものである。

6周目　プライドとプリンの攻防

「おい、お前」

その日、後ろから呼び止められた気がしたが、振り返らなかった。私の名前は『お前』ではないし、用があって先を急いでもいた。

学習室に入れるようになってから一月、私は毎日必死だ。

なぜかって？　それは、学習室が完全実力主義のサバイバル地帯だったためである。

王子の学友にサバイバルなんて言葉はそぐわないのかも知れないが、その内情は前世の名門中学を受験するための進学塾並に熾烈なものだった。

しかも、他の学友達の足止めによって学習室入りが予定より遅れた私は、各教科の担当講師にサボリをする不真面目な生徒として認識されている。その上、一際実家の地位が低いこともあり、かなりの窮地に立たされていた。

今も私は、わからないところを講師に質問するため、回廊を急いでいるのだ。

つまらない妨害などを相手にしている暇はない。

するとしびれを切らしたのか、声の主が私を追いかけてきて、ガシリと肩を掴むと強引に振り向かせようとする。

私は反射で、普段習っている護身術を如何なく発揮し、彼に思いっきり容赦のないひじ打ちを喰らわせてしまった。

ぐふッというくぐもった声が聞こえて、バサリと人の倒れる音がする。

あ、やばい、やりすぎだ。思いっきりみぞおちに入ってしまった。

そうあわてた時には、もう手遅れ。いくら鬱憤が溜まっていたとはいっても、けがを負わせるのは本意じゃない。

「何をしている、新入り！」

私が図らずも倒してしまった少年を助け起こそうとしていると、タイミング悪くアランとその取り巻き達がやってきた。まるで狙っていたかのようなタイミングだ。

少年達は一様に厳しい顔つきで私を睨みつけている。こいつらはこんなことばかりしていて楽しいのか。ほんと。他にやることはないのかい。

呆れていると、アランが話し出す。

「ルイ・ステイシー。カルロに一体何をした？　我々には、貴様がカルロに一方的に暴行を働いたように見えたのだが」

私がひじ打ちを喰らわせた少年はカルロというらしい。初めて知った。どうでもいいことだが。

それにしても、誤って繰り出したひじ打ちも、彼らにかかれば一方的な暴行とやらに当たるらしい。そもそも、カルロが強引なことをしなければ、起きなかった話なのだけど。

言い訳するのも馬鹿らしく、私はため息をついてうなずいた。

ここで否定しても、なんだかんだ難癖をつけられるだろう。それは、この一月でしっかりと学習していた。

アランはさらに表情を厳しいものに変えて、私を睨みつける。

「ではまず、謝罪するのが筋では？」

いや、彼を助け起こして謝罪しようとしたところにあなた方が現れて、騒ぎを大きくしているところなんですがね？

しかし、謝罪の言葉を口にしていなかったのは本当だ。私は素直にその場に膝をつき、頭を垂れた。

「大変無礼を働きましたこと、どうかお許しください」

私は大げさに、従属を示すほど深い礼を取る。

すると、取り囲んでいた連中は言葉を失ったようだ。彼らは、プライドが第一という教えを受けているので、人前で頭を下げる行為をひどく厭っている。

そこまでさせるつもりではなかったと、私を見下ろすカルロの顔にも書いてあった。

しかし、もともと下民上がりの私には、頭を下げただけで傷つく矜持など存在しないのだ。

意地悪貴族出身とはいえ、彼ら自身はまだ年端もいかない子供。嫌がらせには、いやらしいしたたかさはない。私から見れば、かわいいだけだ。

「顔を上げろ！　プライドはないのか!?」

いち早く我に返ったらしいアランが、動揺して声を張る。

それが面白かったのでしばらくそのままでいたら、アランの声がある人物を呼び寄せてしまった。

「これはこれは、わが友が何か失礼でもしたのかな？　アラン」

そこに現れたのは、レヴィだった。下民街では銀星王と呼ばれ粗末な衣服をまとっている彼も、王城に参内している今は、学習室の制服をキッチリ着こなしている。ちなみに、長い後ろ毛は高価なシルクのリボンで括っていた。

彼の顔を見るとあの日のむかつきがよみがえり、私の表情は自然と険しいものになる。

近くにいた少年が、ヒィと情けない悲鳴を上げた。

姿を現したレヴィを見て、アランの取り巻き達は気まずそうだ。

アランは侯爵家子息だが嫡子ではなく、レヴィは子爵家子息だが跡を継ぐことが決まっている。入室当初、彼らの間に漂う気まずさはそういった貴族の地位や後継関係からくるものだと思っていた。

しかしどうやら、学習室独特の制度によるものらしい。

学習室では定期的に試験がある。

それは剣術や馬術などの実技と、帝王学、社会学、史学、言語学等、多岐にわたる教科の筆記テストを同時に行う厳しいものだ。その合計点によって導き出されるのは、王子を除いた学習室内での総合的な順位。

このテストで成績の芳しくない者は、どれだけ実家の地位が高かろうと追い出される。逆もまた、然り。どれだけ実家の地位が低かろうとも、テストを勝ち抜きさえすれば、将来の出世は確約される。

少年達の中で、学習室での順位は絶対的なものだ。成績上位者は『王子の四肢』という俗称で呼ばれ、学友として行動する間はどこへ行っても優遇される。

学習室の中でも古株で成績も優秀なアランは、王子の四肢の第一席。時に『右腕』と呼ばれ、将来的に王子が国王の位を継いだあとには、宰相になってもおかしくないところにいる。そしてアランは、入室して以来常にその成績を守り続けていた。
対してレヴィは、剣術や馬術、それに史学や兵学では抜きんでた成績をおさめており、王子の四肢における第三席である『右足』だ。その呼び名が果たしてかっこいいかどうかは別にして、学習室では一目置かれていることは確かだ。

アランはレヴィに厳しい目を向けた。

「友は慎重に選ぶべきだと、以前忠告しなかったか？　レヴィ」

「忠告、痛み入るよ。ただ、慎重に選んだ結果、自分を迎合するだけのつまらんやつらと連む気にならなかっただけだ。気にしないでくれ」

レヴィがにっこり笑って言う。当てこすられた少年達が、雰囲気をとがらせた。

まったく。丸く収めようとしたのに、事を荒立てる奴がやってきてしまった。

私はため息をつきながら立ち上がり、膝についた埃を払った。

「申し訳ありませんが、お先に失礼しても？　先を急いでおりますので」

そう言い置いて逃れようとするが、すぐにアランに呼び止められた。

「ルイ、レヴィを味方につけたと思って、いい気になるなよ。お前はここにいるべき人間ではないのだ」

堂々と言い放つアランに、ヴィサ君が殺気立つ。そうでした、今日もいたのでした。

私は喉元まで出かかった反論をどうにかやり過ごし、無表情を保った。

取り巻きを引き連れたアランが、背を向けて遠ざかっていく。

「やれやれ、随分嫌われているな、ルイ」

愉快そうに揶揄するレヴィに、私はもう一度ため息をついた。

「一応は、礼を言う。助けられたとは思っていないが」

ファーストキスを奪われた日以来、ビジネスパートナーとして一緒に過ごす時間が増えたとはいえ、私の警戒心はすぐには薄れない。

なんせ、男だと思っていてもキスしてくるようなやつだ。レヴィの真意はわからないし怖くて聞いていないが、女とバレた日にはどうなることやら。想像するのも恐ろしい。

このマセガキめ。

「それって礼か？　別に礼を求めて間に入ったわけでもないがな。お前といると飽きなくていい」

警戒心バリバリの私に、レヴィは邪気のない笑みを向けてきた。

いいや、違う。普段、銀星城で見る笑顔が邪気に溢れているからそう感じただけだ。

普通の人に比べれば、それはしっかりよこしまな笑みだったとも。

「私こそ、褒められている気はしませんがね」

「敬語は使うなと言っただろう」

「なら、あなたも命令形をやめてください」

「これは癖だ。気にするな」

「嫌な癖もあったもので」

道すがら皮肉の応酬をしていると、後ろから石造りの回廊を走る足音が近づいてくる。

振り向くと、そこには私が探していた講師の姿があった。

「これはこれは、ミハイル先生。ご機嫌麗しゅう」

流麗な礼を取るレヴィの隣で、私の顔からはさーっと血の気が引く。

息を切らしたミハイルが、ちっとも目の笑っていない笑みで私を見ていた。


王太子宮の庭園の片すみにある東屋で、私とミハイルはサンドイッチを前に言い合いをしていた。サンドイッチはもちろん私のお手製だ。

「必要以上にレヴィに近づくなと言ってあっただろうっ」

「私から近づいたわけじゃないよ。あっちが来るんだもん」

「だったら、ちゃんと逃げろ！　あれは、気に入ったやつなら男女かまわず、必要以上に親密になろうとするガキだぞ」

私に説教するミハイルの様子を怪訝に思い、私は聞く。

「何それ？　何かあったの？」

「………団長の遠縁だから、前に騎士団に来たことがあったんだ。そのあと、一月以上つきまとわれた」

「ご愁傷さまデス」

思い出しただけでげっそりしたらしいミハイルに、私は同情した。

しかし、近づくなと言われても難しい。授業中にふたりで組む時には、大抵レヴィとペアを組んでしまっている——これは、致し方なくだ。

他に私とペアを組んでくれる子がいない。うん。自分で言っていて虚しいが。

「しかも、やけにベタベタしてくるんだぞ。俺は本気で危機感を抱いた」

ありゃりゃりゃ。

これは、すでにキスされましたなんて言ったら、学友をやめさせられかねない。

まあ、言うつもりはないけど。なんせあれは、抹消したい過去だ。

「努力はするよ。もともと友達だとは思ってないし」

「お前……それはそれでどうなんだ」

「なんだよー。ミハイルが近づくなって言ったんでしょ」

「その通りだが」

「じゃあ、この話は終わりね。早くお昼食べて、勉強教えてよ」

「おい、まだ話は終わってないぞ。お前、さっき他の学友達に難癖つけられてただろ」

「一体いつから見てたの⁉」

サンドイッチを口に運ぼうとしていた手が止まる。

「気にするな。なあ、やっぱり、俺からあいつらに言ってやろうか？　調子に乗らせると手がつけられないんだ、あいつらは」

「貴族の未来を担うご子息様達をそんな風に言っていいの？　発言が物騒だよ、ミハイル」

「物騒でもなんでもかまうか。とにかく、俺からがつんと言ってやる」

ミハイルがまさかのモンスターペアレント化している。

「余計なことしたら、金輪際、私の料理は食べさせない」

「ふざけたこと言っている場合か……」

サンドイッチを腕で囲い、人質に取った私に対して、ミハイルは呆れたような顔をした。

「今日だってもし俺が見つけなくてレヴィも来なかったら、何されてたかわからないんだぞ？　女だってバレたら、どうするんだ」

「ミハイルが言わなきゃバレないよ。それに、たとえレヴィが仲裁に入らなくても、私だけだって切り抜けられた。伊達にこの二年間体を鍛えてきたわけじゃないんだから」

「バカ、その油断が危ないんだ。何度も口を酸っぱくして教えてるだろうが」

「『ギーグの堤崩し』だっけ?」

ギーグとはこの世界の蟻のことだ。

つまり前世でいうところの、『千丈の堤も蟻穴より崩れる』と同じ意味の慣用句である。

わずかな手ぬかりで、取り返しのつかない大事に至ることもあるんだぞーという戒めだ。

こんな時まで戦争関係の慣用句をまぜこんでくるミハイルは、本当に教師向きだと私は変なところで感心した。

「とにかく、だ。変な意地張ってないで、何かあったらすぐに俺を呼べ。俺はお前を王都に連れてきた責任があるんだ。ゲイルにも、きつく言われてるしな」

いくらミハイルが年下でも、上司にきつく言っちゃだめだよ、パパン。

それにしても、いい声の色男が随分と優しいことを言うじゃないか。出会った頃に発揮していた俺様精神は、どこに行ったんだ?

彼との出会いを思い出し、私は小さく笑う。

「ありがとう、ミハイル」

私がサンドイッチを差し出すと、ミハイルは受け取って美味しそうに食べはじめた。

彼はゲイルと一緒で、この世界での父親みたいな存在だ。

出会った当初は周囲を振り回す強引さを見せていたが、今ではむしろ私と親バカのゲイルに振り回されているように思う。こんなことでは、ゲームのシナリオがはじまる数年後にはキャラがブレちゃってるんじゃないだろうか。明後日な心配をしながら、私はサンドイッチにかぶりついた。


　さて、晴れて学習室に入ることができた私ではあるが、実はあれ以来一度も王子に会えていない。

　なんでも、王子は公務で遠方に行っているらしい。そのため、学習室もほとんど自習。わざわざ城に参内してこない学友も多い。

　私は後れを取り戻すために毎日参内しているのだが、あのお坊ちゃま軍団は飽きもせず、私に会うたびにこまごました用事を言いつけてくる。やれ、逃げた飼い猫を探してこいだの、失くしたブローチを見つけてこいだの、図書室に本を返してこいだの、講師のカツラを暴けだの。よくもまあ、ネタが尽きないものである。

　私と彼らには、学友という立場こそ同じだが明らかな身分格差が存在していた。貴族として上位である彼らに何かを命令されれば、私は絶対に断れないのだ。

奔走する私を心配して、どうにかしようかとミハイルが言ってくれたのは一度や二度ではない。でも、私はいつも断っていた。

自分の力で、あの世間知らずのお高くとまった御曹司達にひと泡吹かせてやるのだ。

私の熱意は、変な方向に向けて燃え上がりはじめていた。


翌朝、ゲイルと一緒に意気揚々と登城した私は、王太子宮に行くフリをしてゲイルと別れた。それから、騎士団の寮の食堂に向かう。

「おう、よく来たな、ルイ」

出迎えてくれたのは、お馴染みの独身料理長だ。

ちなみに最近、城下の花屋の看板娘が脈ありらしく、いつ会っても彼は上機嫌である。

寮にいる団員達が朝食を終えて出仕したあとなので、食堂は閑散としていた。

「ほら、早く見せてくれよ、昨日のやつ！」

料理長が騒がしいので、私は急いで手を洗い、半地下になっている貯蔵室の扉を開けた。

貯蔵室は、機能でいえば冷蔵庫のようなもの。高価な魔導石がふんだんに使われていて、電気がなくても冷える優れものだ。箱ぐらいの規模のものなら貴族の家にもあるが、一部屋丸ごととなると王城ぐらいにしかない。

待ちきれない様子の料理長がやってきて、上の方の棚に置かれていた金属製のトレイを引き出してくれる。

その上には、小さなカップがいくつも行儀よく並んでいた。料理長がトレイごと調理台の上に置くと、厨房にいた料理人達がわらわらと集まってくる。

私はよっこいしょと椅子に上り（のぼ）、カップの上にかけていた埃（ほこり）よけの薄布を、仰々（ぎょうぎょう）しく持ち上げた。

「……なんだぁ、こりゃ？」

「黄色いスープ？」

「それにしちゃ、表面が妙だぞ」

歓声を期待していた私は、料理人達のイマイチな反応にがっくりしてしまった。

彼らは口々にカップに入った物体の奇妙さを言い合っている。

「これはですね」

言いながら私はひとつのカップを持ち上げると、そこにスプーンを差し入れた。

すると思った通りの弾力が返ってきて、私の指先は興奮で痺（しび）れる。

「おい今、妙に震えなかったか？」

「ああ、こりゃただのスープじゃねぇ！」

「寝かせてる間に、妖精にでも魅入られたか？」

「なんだって！　王城には結界があるのに、まさか」

『妖精に魅入られる』というのは、人間の目に見えない妖精が悪戯をするということだ。

例えば、乙女が妖精の子供を妊娠したり、あるいは子供が神隠しにあったり。不可解な出来事は大抵、妖精の仕業ということにされている。

ちなみにヴィサ君に聞いたところ、妖精は精霊になる前段階の魔法粒子の集合にすぎないので、それほど明確な意思はないらしい。だから、意図的に悪戯をしているというよりは、ひょんなことからそうなってしまったということが多いみたい。

大人達が騒ぎ出したので、私は安全ですよーと示す意味をこめて、そのスプーンをパクリと口に入れた。

口中に広がる濃厚な甘みと、カラメルソースのほろ苦さ。

料理人達が私を指さして大騒ぎする中、私は束の間の幸せに浸った。

はぁ……焼きプリン、最高っす。

「俺も食べるぞ……っ」

本日決行予定の作戦のために、私は昨日寮の厨房を訪れ、料理長の許可を得て焼きプリンを作ったのだ。

　まずは、水とシュガ石の削り粉を強火で熱してカラメルソースを作った。それからボウルにフォルカ卵とシュガ石の削り粉、あとは少々の、ソルという木の実の汁を乾燥させた、塩そっくりの粉を加えて、よくまぜる。そこに、私が牛乳として扱っているメレギの絞り汁を温めて加えて、もう一度よくまぜる。それをカップに入れてオーブンで焼き、冷蔵庫で冷やしたら完成だ。

　ふと見ると、私が回想している間に意を決したようにスプーンを持った料理長が、周囲の料理人に止められている。

　いやいや、今目の前で子供が食べたものですよ。日本人はみーんな、大好きなお菓子ですよ。

「離せ、お前ら！」

　婚活以上に料理人という職業に情熱を注ぐ料理長は、仲間の制止を振りきってプリンを口に入れた。厨房は水を打ったように静まり返る。

　そして落ちる長い沈黙。

「りょ……料理長？」

　あれ、口に合わなかったかな？

　とろっとした生っぽい食感が苦手だったのかもしれない。

私があわてて椅子を下りて料理長に駆け寄ろうとすると、その前に素早く近づいてきた彼に抱きつかれてしまった。

「なんだこれは！　なんという美味！　ルイ、お前は天才だ！」

頬に髭面（ひげづら）の熱烈（ねつれつ）なキスが降ってくる。

ぎゃー！　離してー!!

いつぞやの二の舞（にのまい）に、私はじたばたと暴れた。

そんな料理長の様子を見て、他の料理人達も恐る恐るプリンとスプーンを手に取る。

そして彼らの顔に、次々と笑みが広がった。

いっぱい作っておいてよかった。料理人達が食べ終わったあとの質問攻めからどうにか脱出して、私は王太子宮へ急いだ。


俺も食べたいと駄々（だだ）をこねるヴィサ君をなだめつつ、王子の学友達が集う（つどう）学習室の扉を開けた。

手にはふたのついた小さめのトレイを持っているが、ヴィサ君の風魔法で補助してもらっているので重さはほとんどない。

学習室に入ってきた私の姿を認めると、部屋の中にいた学友達は一瞬沈黙した。

「おはようございます」

返事はないが、私は堂々と歩き自らの机に向かった。

学習室の机は小学校の教室のようなものではなく、しっかりした作りの執務机に近い。ひとつひとつに細かい彫刻が入っており、どれも見事な品だ。

私が机にトレイを置くと、わらわらと何人かの少年が集まってきた。挨拶は無視したくせに……

「平民は、荷物を持たせる使用人もいないのか」

「講義があるわけでもないのに、よく毎日顔を出せるな」

はいはい。クソガキども、黙らないと◯◯するからね。

「ああ、そういえばルイ、実はな」

にやにやしながら用事を言いつけようとする坊ちゃんの声を、私は大声で遮った。

「はい！　今日は皆さんに、遥か遠方の国より特別に調理法が伝えられた、とても珍しいお菓子をお持ちしたんですよ」

そう言ってトレイのふたを開けると、美しくデコレーションされたプリンが顔を出した。メレギ汁を泡立てたクリームに、ツェリと呼ばれるさくらんぼそっくりの果実と、見た目はスイカなのに味はマスクメロンそのままのメリオを添えている。

それは古きよきスタイルのプリンアラモードだ。

少年達の視線が、トレイに集まる。

ふふふふ、古今東西この魅力に抗える子供なんていないのさ！

ああ、なんて罪深いプリンアラモード。

「なんだこれは！……」

ざわざわしている少年達の中に目的の人を見つけると、私はお皿をひとつ手に取り、その人の机に運んだ。

「アラン様。まずはあなたに、この一皿を捧げます」

『この一皿を捧げます』は格下の者が格上の者に料理をふるまう時の常套句。食事会やパーティーの最初に、最も地位の高い招待客に対して料理をサーブする時に使われる。

そしてその者が最初に料理に口をつけることで、会食はスタートするのだ。

これを受けた者は、よほどの事情がない限り役目を拒否できない。最低でも、一口は食べなければいけない決まりになっている。また、プライドが高い貴族にとって最初の一口を断ることは恥になる。

私は、普段やけにプライドにこだわる彼らの心理を逆手に取ったのだ。いくら私が気に入らなかろうが、一口目の申し出を無下にすることはできない。

アランは私をとんでもなく鋭い目で睨みつけたあと、椅子に座った。立ったまま食事をすることは、貴族の振る舞いとしてふさわしくないからだろう。

学習室は静まり返った。まさか私がこんな手段に出るとは、思っていなかったらしい。

私が音を立てずにそっと勉強机に皿を置くと、アランはしばし間を置いてプリンにスプーンを突き刺した。プリンがぷるんと揺れる。

私には美味しそうにしか見えないが、食べ物らしからぬ動きに学習室内はざわめいた。

アランは息を呑んで目を丸くしている。その姿は普段と違い年相応で、かわいらしい。

だが動揺していると悟られたくないのか、すぐにいつもの仏頂面に戻ってしまった。

アランは意を決したように、スプーンを口に放りこんだ。そしてゆっくり咀嚼する。

学習室中が固唾を呑んで見守る。

しかし、アランは一口目を呑みこんだあと、身動きひとつしない。アランを心配して、取り巻きのひとりが彼に声をかけた。

「あの、アラン様？」

声をかけられると、アランははっとしてプリンから視線を外した。

「いかがでしたでしょうか？」

声をかけた私を見るアランの表情は、すっかり固まっていた。

もしかして、不味かったのだろうか？　厨房のみんなは太鼓判を押してくれたのだが。

私の案じるような視線に気づいたのか、アランはあわてて口を開く。

「あ……『皆も匙を取れ！』」

アランが、最初の一口を受けた貴族の儀礼的な言葉を口にする。

それと同時に、何人かの少年は待ちかねたように、また何人かは恐る恐るお皿を手に取った。

もちろん、レヴィは前者だ。待ちきれないというようにスプーンでプリンをすくい上げている。他の少年達は、遠巻きになりゆきを見守っていた。

彼らがプリンを口に運ぶ中、アランもそっと二匙目をすくっているのを見て、私は安堵のため息をつく。

第一陣の少年達は、プリンを食べて次々に笑み崩れた。

『何かを言いつけられる前に、お菓子でごまかせ！』作戦は、どうやら成功のようである。

ちなみに、今日は王子が遠方の公務から戻り学習室にも姿を見せるはずだったのだが、入室してきた講師にプリンを食べているところを見られてしまった。そのため、全員学習室を追い出され、課題を山ほど出されてしまったのだ。

王子に会えると楽しみにしていた私は、自らが招いた結果ながらしょんぼりする羽目になる。

しかしプリン作戦以来、私の学習室での待遇は向上したので、よしとしよう。

未だに学習室の中では村八分扱いだが、それは無視されたりとか遠目にぼそぼそ噂されたりという程度のかわいいもの。持ちものが隠されたりだとか、つまらない用事を言いつけて授業に出席させないようにしたりだとか、そういう実害のある嫌がらせはなくなった。

また、あれから何度か人気のない場所で呼び止められて、あのプリンのレシピを教えろと言われた。やっぱりみんな、貴族と言えども子供だ。プリンの魅力には抗えないようだった。

私が山ほどの課題をほぼ徹夜で片づけた翌日、学習室のすみでようやく王子を見ることができた。従者であるベサミのかけ声で学習室の学友全員がひざまずき、王子が入室してきた。

その時の気持ちを、どう表せばいいだろうか。

二度と間近に見ることは叶わないと思っていた人が、そばで歩いて息をしている感動。

けれど、今の自分の立場では、王子から一番遠い席でひざまずいてうかがい見ることしかできないという切なさ。

寝不足で隈の浮いた私の目に、王子は以前以上にきらきらしく映った。

王子は私をチラリと見ることもなく、彼が手をかすかに振ったことで全員が立ち上がる。

そして授業が開始された。

＊　❖　＊

王子が受ける授業は、私が思っていた学校の授業のイメージと異なり、特殊だった。

クラスに王位継承者がいる緊張感が特殊さの最たるところだったが、それ以外にもいろいろある。

まず、王子の事情が最優先になるため、例えば王子が公式行事や体調不良で欠席の場合、その日は学習室が休み、もしくは自習になる。さらに、授業の進行速度も王子に合わせるので、王子がつまずいたところで授業内容は止まった。王子が理解するまで、内容を反復するということが繰り返される。

もちろん王子は優秀で、滅多につまずいたりはしない。その分、学友から何人もの落伍者が出た。

定期的に行われる総合テストで、複数ある教科のうちふたつ以上最下位を取ると学友から外され、新たな貴族の子息が補充される。かわりはいくらでもいるらしく、翌日にはいなくなった学友と同じ数の少年が学習室にやってきた。それは何度も繰り返され、学習室のメンツは幾度も変わった。

しかし、王子を含めて十五人という学習室の構成は常に保たれていた。その中で、試験の順位によって席順が変わる。試験で高得点を取れば取るほど、最前列の王子の席に近づけた。

決して学友から外れまいと、私は必死に授業に喰らいついていった。

学習室の中では年少で、どちらかといえば体も小さい私だ。王子よりも身長が低いのは、私だけだった。なので剣術や馬術などの実践授業に関しては、よくて平均程度の成績しか取ることができない。

しかし私の場合、ミハイルから教わっていた兵学や史学、もともと得意な魔導の分野については余裕があった。とはいえ貴族知識やマナー、それに帝王学や言語学では学友達に及ばない。知識不足を痛感し、私は死ぬ気で勉強しなければならなかった。

なんせ、五歳になるまで下民街暮らしである。本来なら生活するうちに貴族として身につくはずの身のこなしが、できないのだ。

ステイシーの家で勉強していた分、できることもある。しかし、やはり他の学友達は上位貴族の子息達だけあって、動作のひとつひとつが上品だ。その気品を習得するまでに、私はかなりの時間を要した。

それでもどうにか、毎回のテストでは並み程度の成績をおさめた。おかげで、本当に少しずつではあるが、学習室の端にあった机から、王子のそばへ近づいていくことができた。

学習室での王子は、いつも気品があって落ち着いている。最初に私の部屋を訪れた時の彼のような横暴さは、どこにも見当たらなかった。

ただ、学友とも必要最低限の言葉しか交わさない彼は、とても孤独に見えた。

勘違いかもしれない。半ばストーカー化している私の、都合のいい妄想かもしれない。

だけど、私は王子の無機質な横顔を見るたびに、悲しい気持ちになった。

ちょっとわがままで理不尽だけど、本当は底抜けに優しい王子。私を救ってくれた、気高い王子様。

時間を巻き戻してしまったから、あの時の彼はもうどこにもいない。

私はそんなものの悲しさを振りきり、勉強に没頭した。

季節は黒月——十月の終わり、肌寒さを感じはじめる頃。

王子の学友になって半年経ち、前回の試験で、私は上位争いの一角に食いこむことができた。

学習室の席は横に五人、縦に三列で並んだ形が基本だ。その中で王子がいるのは、最前列の中央。

不動の一位は兄のアラン・メリスであり、常に王子の右隣の席をキープしていた。私は今、一列目の一番端。出入り口に近い席を宛がわれることが多い。

これは多分、テストの結果が近い者の席は、貴族内での地位も考慮して決めているのだろう。日本と同じように、この世界でも出入り口に近い席がより下座とされているのだ。

さて、今の席に座った時、私はある重要なことに気づいてしまった。

学友になって半年以上も経つのに今頃気づいたのかと言われたら、確かにその通りなのだが。

学習室の一列目の五人、私を除いた四人の並ぶ姿には、どうも見覚えがある。

まずは中央にいる、王子。

王子の右隣、我が兄アラン・メリス。

王子の左隣、勉学においてはぶっちぎりの秀才、伯爵子息のルシアン・アーク・マクレーン。

さらに窓側の端には、未だに私につきまとってくる銀星王ことレヴィ・ガラット・マーシャル。

ここに王子の従者であるミハイル。

そしてメイユーズ国が誇る、世界で一番力を持つエルフであるシリウスを足すと、あら不思議。

ファンタジー系恋愛シミュレーションゲーム『恋するパレット～空に描く魔導の王国～』という、クソみたいなゲームのできあがりだ。


草原を吹き渡る風がびょうびょうと鳴いている。

今日は随分と風が強い。空に浮かぶ雲がものすごいスピードで流れていった。

「なあ、本当にここでいいのか？」

大型になったヴィサ君が、心配そうに私の顔を覗きこんでくる。しょぼんとした目が凶悪的にかわいい。

「うん。ありがとう、ヴィサ君」

恋パレの攻略対象全員がすでに王城に揃っていると気づき、とりあえず落ち着けと私は自分に言い聞かせた。そして授業が終わると、まっすぐ家には帰らず、ヴィサ君に頼んで王都の外まで飛んでもらった。

全ての力を取り戻したヴィサ君にかかれば、精霊に似た獣である疑似精霊が半月かけて移動する距離も一メニラ——三十分足らずだ。

私は草原の続く小高い丘に降ろしてもらった。

人影も動物の影もない、光と緑と土と風の粒子しかない、心地のいい場所だ。

私はそこに座ると、しばらくひとりにしてほしいとヴィサ君に頼む。

「でも、もし獣に襲われたら……」

「そしたら大声で呼ぶから、絶対助けに来てね」

「おお、任せろ！」

首を傾げながらお願いすると、上機嫌であっさり了解してくれた。

ヴィサ君ってたまに、本当は火属性じゃないかと思うほど単純だなあ。

私は遠ざかるヴィサ君の背中に手を振ったあと、なだらかな草の上に座り、後ろに倒れこんだ。風が心地いい。

もうずっと勉強ばかりしていたから、こんなにのんびりするのは久しぶり。

束の間、頭を真っ白にして休息を取ると、私はひとつ大きな欠伸をする。このぽかぽか陽気で眠くなるなという方が無理な話である。

しかし私は暗くなる前にと眠気を振りきり、懐から小さなノートを取り出した。ノートと言っても、紙の束を紐で束ねただけの粗末なものだ。

その見開き一ページ目に、日本語で『恋パレ攻略情報』と綴る。

日本語で書くのは、もしノートを誰かに見られても内容を知られないようにするためだ。メイユーズ国の文字は日本語とまったく違うから、このノートは転生者である私しか読めない。もしノートに知り合いの特徴とか家庭環境をメモしているのがばれたら、身近な人にはどうしたのかと心配されるだろうし、その他には気味悪がられるだろう。

私はこの世界の元になっているゲームの内容を思い出すために、ひとりになりたくてここに来た。

ページをめくり、まずは登場人物達について個別に綴っていく。

とは言っても、私が記憶を取り戻してから三年と半年以上が経過しているので、忘れてしまっていることも少なくない。一度は悪役になる運命から逃げようと思ったし、王都に戻ってきたあとも、副団長の従者やら勉強やらに忙しくて、ここがゲーム世界だと忘れかけていた時期もあった。

しかし、王子の周りがすでに攻略対象で占められているなら、そういうわけにもいかない。

私はてっきり、彼らはケントゥルム魔導学園で偶然一緒になるのだとばかり思っていた。でも、学生の攻略対象全員が王子の学友であり、それも王子の四肢と呼ばれる学習室内でも高位な地位を確保していたなんて。

私にとって彼らは学友であると同時に、順位を争うライバルだ。

彼らを蹴落とさなければ、私はいつまで経っても王子に近づくことはできない。

私は開いたノートに、まずはメイユーズ国の舞台設定、そして攻略対象キャラ達の名前と基本的なプロフィールを書いた。

主人公をはじめ、王子、それにアラン、ルシアン、レヴィ、ベサミ、ミハイル、シリウスについて。もちろん、悪役である私のことも。

それらはあくまでゲーム上のプロフィールなので、この世界での現実とは違っている部分も少なからずあるが、気にせず今は思いつく限りを書いた。彼らのシナリオをプレイする上で明かされる秘密や、各人が抱えているはずの問題なども、そこに詳しく書きこむ。

正直、知り合いが他人に隠しておきたいと思っていることを明文化するのは、たとえこのノートを人に見せるつもりはなくても気が引けた。

しかし、だからと言ってやめるわけにもいかない。

全員の情報を書き終えると、ひと息つく。

そして今度はその下に一行空(あ)けて、転生して初めて知ったことやゲームの設定とは違ってしまった——私が変えてしまったことも、書き入れていく。

ゲーム上ではまったく捕足されていなかった、悪役である私の詳(くわ)しい事情や、他にも王子やミハイル、シリウス達のゲームでは知りえなかった情報に至るまで。アラン、レヴィ、ベサミ、ルシアンのことはまだ知らないことも多いが、彼らの実家について知ったことも追記していく。

他にも——できれば忘れ去りたいリシェールが死ぬストーリーについて、私は記憶をたどった。

思いつく限りの内容を記した私は、その冊子をぱたりと閉じる。

気づけば日はかなり傾いており、草原は西日に照らされて肌寒い風が吹いていた。

私は冊子を再び懐(ふところ)にしまうと、体を丸めて体温を逃がさないようにした。

冬に向かう黒月(こくげつ)の太陽は、足が速い。

みるみる地平線に呑みこまれていく太陽を見つめる。ヴィサ君を呼ばなくてはと思いつつ、私はその時を先延ばしにしていた。

それは、あまりにも景色が美しかったせいだ。

夕日に照らされて黄金に光る草の波と、そこに走る風。

それらのまとう魔法粒子が、見渡す限りに広がっている。日本にいた頃もそれなりの田舎に暮らしていたけれど、あたり一面の草原なんて見たことがなかった。

ところどころで揺(ゆ)れる、コスモスに似た花。手のひらよりも大きな綿を実らせる木。聞き覚えのない鳥の鳴き声と、草原に落ちる四枚羽の影。

少しだけ日本に似ていて、でも明らかに違う世界。

それでも、ここは美しかった。

生身の自然が、胸に迫(せま)る。決してゲームのエフェクトではない。

陳腐(ちんぷ)な表現だが、胸がいっぱいになってしまった。少しでもそれを軽くしたくて、私は深いため息をつく。

改めてゲームの内容を思い返すと、この世界は確かに私の知っているゲームの世界のはずなのに、まったく違うように感じた。ゲームには出てこなかった複雑な内政事情や、人々の営み、広大すぎてまだ知識でしかない外の国々のことなど、知らないことがたくさんある。

ゲームでは、全年齢対象ソフトなだけあって過激なシーンはなかったけれど、この世界は今、現実だ。人々は実際に生きていて、病んだり死んだり、傷つけあったりする。

ここは一切規制のない、生身の世界。

私は、自分の柔らかい二の腕を強く握った。王子のためなんて言いながら、ちっぽけな私に、結局何ができるのだろう。普段は押しこめている不安の虫が騒ぎ出す。

——実は、この半年の間、私の必死な思いをたやすく打ち砕くものがあった。

それは学友達からの冷たい視線でも、王城での差別でもない。

そんなものは、関係ないと切り捨てればよかった。今までのように前だけを見て、王子のそばに行くのだと必死でいれば、私は前に進めたのだ。たとえつらいことがあっても、いくらでも歯を食いしばれた。

しかし、私の心を折ったのは誰でもない、シャナン王子その人だった。

彼の固く閉じた冷たい心と無関心さ。

王子は一度も私を顧みたりしなかった。私だけでなく、彼は学友達の誰も必要以上に近づけようとしない。

見られるのは、どこまでも冷たく高貴な横顔ばかり。

覚えていてもらえなくてもいいと、覚悟していたはずだった。それなのに、たった半年足らずで私の心は悲鳴を上げたのだ。

うで。

日毎(ひごと)に、王子との幸せな思い出が現在の王子の冷たい眼差(まなざ)しに塗(ぬ)りつぶされていくよ
そんなことを思いたくないのに、そんな考え方はしたくないのに、考えてしまう。な
んのために今まで、必死で王子に辿(たど)り着こうとしていたのか、と。

自分を救ってくれた王子を守るために、強くなろうと思った。そうなれるなら何も厭(いと)

わないと心に誓った。

でも結局のところ、私はあの頃の弱い自分のままだ。

誰も救えない、母が死んでいくのをただ見ているしかなかった、五歳の私と変わらない。

八歳の小さな体が、夜風に当たってがたがたと震えている。

気づけば、日は暮れていた。

空には数えきれないほどの星と、日本よりも大きく、卵のようにつるりとした月が
昇(のぼ)った。

光の粒子は消え、風の粒子が静かに残る。

こんな時、前世だったら青星がいてくれたのに。

私は手のそばにあった草の先っぽを、ぶちっと千切(ちぎ)った。

胃の弱かった青星は、散歩に連れ出すと先の尖(とが)った葉っぱをよく食べていた。最初に、

噛んだ葉っぱと一緒に泡を吐いた時は、眠れないぐらい心配したっけ。

私はもう会うことのできない愛犬を思い出し、小さく笑った。

あの子の存在は、私の中にぽっと温かい灯りを点す。前世の家族とは、また違う存在だった。

泣きたくなるといつも、私は青星を連れて家から遠い公園に出かけた。そして家族にも友達にも言えない悩みを打ち明けては、いつまでもぐずぐずと泣いていた。

青星はきょとんとした顔で首を傾げていたけれど、たまに慰めるように手を舐めてくれた。

そのざらざらとしたくすぐったい体温に、私はいつも慰められたのだ。

でもここには、青星はいない。私を慰めてくれる小さな体温がない。

声を押し殺して泣きながら、私は歯を食いしばる。

王子の力になりたくて戻ってきたけれど、私は本当にこのまま王都に残るべきなのだろうか？

もし魔導学園に入れば、王子やシリウス、ミハイル達と親しくする女の子をそばで見ていなきゃならない。いつまでも王子には顧みてもらえない私のままで。

突然、不安を感じた。今までは平気だと思っていたのに。

私は耐えられるんだろうか。そして、それに耐えて王都に残る必要なんて、あるんだろうか？

私は無性に、帰りたいと思った。

叶うなら、この世界ではない場所。前世の家族がいる、日本に。

私はこれからもきっと、弱気になるたびに前世のことを思い出しては、あの世界に帰りたいと思うのだろう。いくらこの世界で愛されても、優しくされても、前世を懐かしいと思うのだろう。

その時、暗い夜を駆ける白い獣が見えてきた。

ヴィサ君だ。私を迎えに来たに違いない。

その背中には、誰かが乗っているように見えた。私以外を乗せることを嫌がるヴィサ君が、一体誰を乗せてきたのだろう。

不思議に思い、私は自分に近づいてくるそれをじっと見つめていた。ものすごい速度で、ヴィサ君が近づいてくる。

そして、風になびくローブと白い髪、人間とは違う尖った耳が見えてきた。それはよく知る人だった。

ヴィサ君が私のすぐそばに降り立つ。

間近で見るシリウスは、夜闇の中で淡く発光しているように見えた。

彼は相変わらず優美で、目が眩みそうな超絶美形だ。地上に降りても、彼のローブは風になびいていた。

「リル、元気にしていたか？」

シリウスは柔らかい声で言う。

彼と会うのは、もうかれこれ半年以上ぶりだった。学習室に入って以来なんだかんだと忙しく、会う機会もなかったから。

恐る恐る下りてくる彼の手が撫でやすいように、私は下から彼の手のひらに頭をこすりつけた。病床でたまにやった、懐かしい仕草だ。

シリウスは何かに驚いているようだった。

「随分と、大きくなったのだな」

シリウスがこんなに驚くのは珍しい。

多分、悠久の時を生きるエルフには、人間よりも時間が短く感じるのだろう。この半年で私はかなり身長が伸びたから、急変したように感じたのかもしれない。

そんなシリウスの横では、私の契約精霊がぶつぶつ言っていた。

「俺を足に使いやがって」

ふてくされているヴィサ君を、今度は私が撫でてあげる。

柔らかい毛並みだ。触っているだけで嬉しくなる。

「何かあったのか?」

シリウスの突然の問いに、私は驚いて彼を見上げた。立っている彼と顔を合わせるのは、かなり身長差があるから大変だ。

しかし、そんなことはおかまいなしで、シリウスは一言も聞き逃さないというように、まっすぐ私を見つめていた。相変わらず、不思議な色の瞳だ。金にも、銀にも、あるいは灰にも黒にも何色にでも見える。世界のなんでも見通してしまいそうだ。

出会ってからどんな時も、シリウスは無条件で私に優しかった。その理由は知らない。ヴィサークを暴走させていた私を始末することもできたはずなのに、彼はそれをしなかった。あの日から、彼はずっと変わらない。見た目はもちろん、私を優しく見守る眼差しも。

今になって思う。なぜ、シリウスはこんなに私に優しくしてくれるのだろうかと。

ゲームでは、ヴィサークを召喚するほどの魔力を持つリシェールを警戒して、たびたび様子を見に行っていたことになっていた。テリシアを巨大化させた時も、私と父を見張っていたと言った。でも、優しくしてくれる理由は聞いていない。

「シリウス叔父様」

気づけば、その疑問が口を突いて出ていた。

「どうして私に、優しくしてくれるの？　エルフのあなたが……」

ただの子供に過ぎない私に。

シリウスは目を丸くした。いや、目を丸くしたように見えた。そう感じただけで、本当は、彼の表情はちらりとも変わっていなかったのかもしれない。

「なぜ、そんなことを聞く？」

なぜだろうか。弱気になっているから、普段は気にならないことが気になってしょうがないのかもしれない。

「なぜだろう？　私にもわからない」

ヴィサ君を撫でていた私の手が、いつのまにかその体に縋りついていた。肌寒い風の中で、無意識に温かい体温を求めたようだ。

「理由がなければ、優しくしてはいけないか？」

シリウスがいつもの自信満々の声とは違う、少し掠れた声で言った。

いけなくはない。だって、その優しさに私は救われたのだから。

けれど、救われると同時に、私はいつか悪役になる可能性を――十字架を背負ってしまった。

　シリウスを恨むのは、筋違いだと知っている。

　恨むぐらいなら、戻ってこなければよかったのだ。メリス家の義母に捨てられて辿り着いたあの静かな村から、王都に帰ると決めたのは、私である。私は望んでここに来たはずなのに——

「リル。お前が泣いている時、私はお前の声が聞きたいと思う。たとえ泣きやまなくても、力になれなくても、話を聞いてやりたいと思う。理由を言葉にするのは難しい。私の中で、リルにはそうしなければいけないと、深く刻みつけられているのだ」

　なんとも不思議な話だった。

　それに、人間界においてほぼ全能たるエルフの言葉とは、思えなかった。けれど、お前のためならなんでもしてやると言われるより、何十倍も嬉しい言葉だ。

「それではダメか?」

「ううん。ダメじゃない。嬉しいに決まってる」

　言いきった私に、シリウスは柔らかい笑みを見せた。

　普段は表情筋が硬直している彼だが、いつもこんな顔をしていればいいのにと思う。

　そんな表情のシリウスが見られただけで、価値のある夜だった。

弱い私は、いつでも人を信じきることができない。いつもどこかで邪険にされているのではないかと、疑う自分を止めることができない。

けれどそのたびにシリウスは、辛抱強く私に言い聞かせるように惜しみない優しさを与えてくれる。人非ざるエルフの、感情などないと呼ばれるシリウスのそんな優しさを、私は知っている。

この優しい眼差しがない場所に、私はもう戻れないだろう。

「さあ。リル、帰ろう」

差し伸べられた手を取ると、抱き上げられた。懐かしい匂いがした。それはどこかで覚えのある、自分にとても親しみ深い匂いだった気がする。

抱き上げられた私は、シリウスの腕の心地よさに耐えきれず、コテンと首を倒した。

どうやら自分で思っていた以上に、疲れていたらしい。夜風の渡りが子守唄に聞えた。

たとえ私にとっては苦しい世界でも、都合のよくない現実があっても、明日また、がんばろう。

前世でゲームをプレイした私には、他の人以上にこの世界の未来を変えられる可能性がある。がんばればきっと、大切な人たちを守れる。

私を支えてくれているのは、もう王子から与えられた過去の優しさだけじゃないから。

夜空に星がひとつ流れた。
私は深い安堵に抱かれ、優しい眠りについた。

書き下ろし番外編

ヴイサ君と三匹の精霊

久々のお休み。

ベッドに寝ころびヴィサ君と戯(たわむ)れる。

ヴィサ君の毛皮はふわふわで、本当に言葉では言い表せないほどふわふわで、だけどしっとりもしていて、触(ふ)れた時の多幸感は言葉では言い表せない。

クェーサーに囚(とら)われ、ずっと姿を消していたヴィサ君。

自由にしていてほしいと放置していたせいで、ヴィサ君のピンチに気づけなかった私はダメな飼い主だ。

けれど、ヴィサ君はそんなダメな飼い主にも大人しく撫(な)でられてくれて、本当に心優しい精霊である。

『おお……その下、その下をもっとかいてくれ』

尻尾(しっぽ)を立ててうねうねさせているヴィサ君の指示通り、肩甲骨の下のあたりをくすぐるようにかく。

ヴィサ君の体だと自分じゃかけないから、不便だろう。

というか、精霊も体にかゆみを覚えたりするんだなぁ。

ヴィサ君は前世で飼っていた犬と同じ純白の毛皮だけど、当たり前だがその生態は犬とは少し違うみたいだ。

日向ぼっこしていたヴィサ君の毛皮は太陽の匂いがして、暖かくて、なんとも言えない幸せな心地だ。

ヴィサ君の要望を聞きながら、私はふと気になったことを尋ねてみた。

「ねえヴィサ君」

『なんだー？』

心地よさそうに尻尾をぴんと立てて、無防備極まりない獅子様。

「前に、他の精霊を呼び出したことがあったじゃない？」

『例の、ミハイルたちを乗せるのに呼んだあれか？』

気持ちよさそうに目を閉じていたヴィサ君が、ごろんとあお向けになった。開かれた青い目は光を受けてまるで宝石みたいだ。

他の精霊というのは例の王弟反乱未遂の際に、ミハイルとゲイルとジガーを乗せるために、ヴィサ君が呼び出した精霊たちのことだ。

ヴィサ君と同じように白い毛皮を持つユキヒョウとホワイトタイガー。それにつるつるの白イルカ。

あの時はそれどころではなかったので詳しい話を聞くことができなかったが、例の精霊たちは自分のことをヴィサ君に仕える精霊だと言っていた。

つまり、ヴィサ君と近い位置にいる精霊ということで、ならば私もちゃんと挨拶をしておいた方がいいのかな。

いや、正直に言おう。

ヴィサ君の毛皮は最高オブ最高だが、触れられるのならユキヒョウやホワイトタイガーの毛皮だって触れてみたい。空を飛ぶ白イルカ君の生態も気になるし、やっぱり皮膚はつるつるなのか確かめたい！

興奮して、つい鼻息が荒くなってしまった。

何かがおかしいと気がついたヴィサ君が、私の手の下から飛びのいてさっとお腹を隠した。

察しがいい精霊さんである。

「ごめんね。力強かった？」

とりあえず、笑顔の圧力で押し切ろうとしてみる。

今ヴィサ君に警戒されるのは得策ではない。

しかし満面の笑みを浮かべているはずなのに、ヴィサ君はじりじりと後ろに下がっていった。

丸いお耳は後ろに伏せている。

猫でいうイカ耳ってやつだ。

「なんで逃げるの？　ヴィサ君」

毛を逆立てているのか、小さなヴィサ君がひとまわり大きくなった。

ただ撫でていただけなのに、威嚇するなんてひどい。

「ただちょーっと、他の精霊さんたちも撫でたいなって思っただけだよ？」

『ほ、本当か!!』

黙っていたヴィサ君が、ようやく口を利いた。

何に怯えているのか知らないが、ひどく取り乱している。

そんな風にされると、ひどく悲しい。

「そうだよ。怒ってるの？　そんなに嫌がらなくたって……」

『いや、そんなつもりはなかったんだが、なんだか妙な迫力が――』

などともごもご言っている。

どうやら、私のもふもふ欲のせいで妙な圧がかかってしまったようである。

せっかくリラックスしていたヴィサ君には申し訳ないことをした。

『と、とにかく！　あいつらを呼べばいいんだな⁉』

そういうと、ヴィサ君はふさふさの尻尾をばさばさと振った。

するとまるでそれが合図になったかのように、あのユキヒョウとホワイトタイガーと白イルカが現れた。

おっと、外に出てから呼んでもらった方がよかったかもしれない。

部屋の中は定員オーバーだ。

私はあわてて、精霊たちに窓から外に出てもらった。

せっかく来てもらったのに、窮屈な思いをさせて悪いことをした。と言っても、前世の私の部屋に比べたらだいぶ広いのだけれど。

「お呼びに従い、参上しました」

ユキヒョウは相変わらず理知的な瞳をしていた。見た目は牙の鋭い肉食獣なのに、すごく賢そうに見えるのはなぜだろうか。

「また呼んでいただけて嬉しいですわ！」

ホワイトタイガーは全身で喜びを表していた。まるで襲いかかるようにヴィサ君に覆いかぶさろうとするので、ヴィサ君は泡食って逃げていた。

彼らはヴィサ君の配下の精霊たちらしいが、その上下関係は厳密なものではないようだ。

そんなことを考えていたら――

「いい加減にしろ！」

ヴィサ君が一瞬にして巨大化して、大きな足でホワイトタイガーを踏みつぶしていた。

いや、加減したようなのでさすがにつぶされてはいないが、それでもヴィサ君の足の下敷きになったホワイトタイガーは動けなくなっていた。

しかしホワイトタイガーは反省するどころか、

「はあ、つれないところがまた素敵だわぁ」

などと言ってうっとりしている。踏みつけにされて喜べるなんて、特殊な趣味の虎さんなのかもしれない。

それとも、ホワイトタイガーはみんなこうなのだろうか？

幼稚園以来動物園には行っていないので、虎の生態はちょっとわからない。

「キュル、キュル！　ヴィサーク様、また会えてうれしいよ～」

仲間が踏みつけにされているというのに、白イルカはのんびりヴィサ君の周りを回遊していた。

ユキヒョウさんも微動だにしないので、どうやらこれが彼らのいつものやり取りらしい。

随分と激しいコミュニケーションだ。

ホワイトタイガーを押さえつけているのが面倒になったのか、ヴィサ君は普段の子犬サイズに戻ると、私の頭の上に陣取った。

「この人間が地上での此度の主だ。名をリルという。お前たちも呼ばれたらちゃんと仕えるように」

かわいい顔に似合わず低い声でヴィサ君が言うと、ユキヒョウさんがぴんと背筋を伸ばした。

ホワイトタイガーさんはまだうっとりしているのか、酔っ払ったみたいにふらふらしているし、白イルカは物珍しそうにあちこちを見回していて心ここにあらずだ。

『――風の精霊は、基本的に他人の話を聞かないんだ』

ヴィサ君が言い訳みたいに言った。

ヴィサ君自身はちゃんと話を聞いてくれるので、きっと苦労してるんだろうなって思う。

「私の名前はユキと言います。主の主、どうぞよしなに」

ユキヒョウのユキさんはなんだか武士だった。ヴィサ君の言葉に従うなら、彼はあまり風の精霊らしくない。

「え～、このちっちゃい人間に従えっていうの？　いくらヴィサーク様の命令でも、それは――」

ホワイトタイガーが間延びした声で応じる。

だがその言葉をすべて言い終わる前に、ヴィサ君が魔法でホワイトタイガーを遠くに吹き飛ばしてしまった。

これにはさすがに驚いて唖然としていると、白イルカが慣れた様子で自己紹介をはじめた。

まさか、こんな事態さえいつものことだというのか。

「僕はチャッキーだよ！　小さな人間さんよろしくね！」

なんと白イルカさんは、映画に出てくるホラーな人形さんと同じ名前だった。こんなに愛らしくて人懐っこい性格なのに、名前を呼ぶたびに複雑な気分になりそうだ。

「まったくもうやんなっちゃう」

そこに、先ほど吹き飛ばされたホワイトタイガーが帰ってきた。

「はいはい。あたしの名前はアイリーンよ。よろしくねおチビさん」

ホワイトタイガーことアイリーンが、仕方なさそうに挨拶してくれた。

「うん。私はリルと言います。みなさんよろしくお願いします！」

やっと私が自己紹介をする番がやってきた。

正直ずっと置いてきぼりだったので、彼らと言葉を交わせるのが嬉しい。

さらにひとつ、私には大きな野望があった。

「それであの、人変失礼とは思いますが……皆さんを撫でてもいいですか？」

手をワキワキさせながらそう切り出すと、ヴィサ君の部下三匹は主と同じように顔をひきつらせてあとずさりしたのだった。

せっかく仲良くなれそうだったのに、どうやら最初の一歩を間違えたようだ。

その後、どこか怯えた様子の三匹を触らせてもらうことができたけれど、結局精霊の世界に帰るまで、彼らはよそよそしいままだった。

Regina COMICS
原作 夏目みや Miya Natsume
漫画 文月路亜 Roa Fuduki
異世界王子の年上シンデレラ
CINDERELLA OF THE PRINCE IN ANOTHER WORLD
かわいい年下王子がなぜか年上婚約者に!?
待望のコミカライズ!
突然、異世界に〝花嫁〟として召喚された里香のお相手は王子!? しかもまだ11歳——!? 里香は普通の生活を送る19歳。子供の王子と結婚なんてできるわけがないし、早く帰して! と訴えるけど、自分を慕ってくれる王子に絆された里香は、姉のような気持ちになり、王子と過ごすことを決意する。しかし、事故により元の世界に戻ってしまい、4ヶ月後、ひょんなことから再び異世界へ……。すると、再会した王子は劇的な成長を遂げていて——!?
大好評発売中!
アルファポリス 漫画
検索
B6判／定価:本体680円+税／
ISBN 978-4-434-28264-5

待望のコミカライズ！

公爵令嬢のクリステアは、ある物を食べたことをきっかけに自分の前世が日本人のOLだったことを思い出す。それまで令嬢として何不自由ない生活を送ってきたけれど、記憶が戻ってからというもの、「日本の料理が食べたい！」という気持ちが止まらない！　とうとう自ら食材を探して料理を作ることに！　けれど、庶民の味を楽しむ彼女に「悪食令嬢」というよからぬ噂が立ち始めて――？

＊B6判 ＊定価：本体680円＋税 ＊ISBN978-4-434-27115-1

RC
Regina COMICS
最後にひとつだけお願いしてもよろしいでしょうか
1~2
原作 鳳ナナ
漫画 ほおのきソラ
待望のコミカライズ!
舞踏会の最中に、第二王子カイルから、いきなり婚約破棄を告げられたスカーレット。さらには、あらぬ罪を着せられて"悪役令嬢"呼ばわりされ、大勢の貴族達から糾弾される羽目に。今までずっと我慢してきたけれど、おバカなカイルに付き合うのは、もう限界! アタマに来たスカーレットは、あるお願いを口にする。――『最後に、貴方達をブッ飛ばしてもよろしいですか?』
大好評発売中!
アルファポリス 漫画
検索
B6判/各定価:本体680円+税

本書は、2015年4月当社より単行本として刊行されたものに書き下ろしを加えて文庫化したものです。


この作品に対する皆様のご意見・ご感想をお待ちしております。

おハガキ・お手紙は以下の宛先にお送りください。

【宛先】

〒150-6008 東京都渋谷区恵比寿4-20-3 恵比寿ｶﾞｰﾃﾞﾝﾌﾟﾚｲｽﾀﾜｰ 8F
（株）アルファポリス　書籍感想係

メールフォームでのご意見・ご感想は右のＱＲコードから、
あるいは以下のワードで検索をかけてください。

ご感想はこちらから

レジーナ文庫

乙女（おとめ）ゲームの悪役（あくやく）なんてどこかで聞（き）いた話（はなし）ですが 2

柏（かしわ）てん

2021年2月20日初版発行

文庫編集－斧木悠子・宮田可南子
編集長－太田鉄平
発行者－梶本雄介
発行所－株式会社アルファポリス
〒150-6008 東京都渋谷区恵比寿4-20-3 恵比寿ｶﾞｰﾃﾞﾝﾌﾟﾚｲｽﾀﾜｰ8階
TEL 03-6277-1601（営業）　03-6277-1602（編集）
URL https://www.alphapolis.co.jp/
発売元－株式会社星雲社（共同出版社・流通責任出版社）
〒112-0005 東京都文京区水道1-3-30
TEL 03-3868-3275
装丁・本文イラスト－まろ
装丁デザイン－ansyyqdesign
印刷－中央精版印刷株式会社

価格はカバーに表示されてあります。

落丁乱丁の場合はアルファポリスまでご連絡ください。

送料は小社負担でお取り替えします。


ISBN978-4-434-28509-7 C0193